Cuentos de mujeres solas

SHERWOOD ANDERSON
FLANNERY O'CONNOR
JOHN CHEEVER
NURIA BARRIOS
MANUEL MUJICA LAINEZ
PEDRO MAIRAL
CLARICE LISPECTOR
ANTON CHÉJOV
EÇA DE QUEIROZ
OSCAR WILDE
GUY DE MAUPASSANT
KATHERINE MANSFIELD
CARLOS FUENTES

Prólogo de **Marcela Serrano**

Cuentos de mujeres solas

ALFAGUARA

ALFAGUARA

© De esta edición:
Aguilar, Altea, Taurus, Alfaguara, S. A., 2002
Beazley 3860, (1437) Buenos Aires
www.alfaguara.com.ar

- Santillana Ediciones Generales S. L.
  Torrelaguna 60 28043, Madrid, España
- Aguilar, Altea, Taurus, Alfaguara, S. A. de C. V.
  Avda. Universidad 767, Col. del Valle, 03100, México
- Ediciones Santillana S. A.
  Calle 80, 1023, Bogotá, Colombia
- Aguilar Chilena de Ediciones Ltda.
  Dr. Aníbal Ariztía 1444, Providencia, Santiago de Chile, Chile
- Ediciones Santillana S. A.
  Constitución 1889. 11800, Montevideo, Uruguay
- Santillana de Ediciones S. A.
  Avenida Arce 2333, Barrio de Salinas, La Paz, Bolivia
- Santillana S. A.
  Avda. Venezuela 276, Asunción, Paraguay
- Santillana S. A.
  Avda. San Felipe 731 - Jesús María, Lima, Perú

ISBN: 950-511-794-9
Hecho el depósito que indica la ley 11.723

Diseño de cubierta: Claudio A. Carrizo
Ilustración de cubierta: *Cena de rua,* de Emiliano Di Cavalcanti (detalle)

Impreso en la Argentina. *Printed in Argentina*
Primera edición: octubre de 2002
Tercera reimpresión: marzo de 2003

Índice

Prólogo

"La soledad es lo más aterrador de todo. Revoloteamos como hojas en el viento y nadie sabe ni le importa dónde caemos y sobre las aguas de qué río vamos flotando", dice Mónica, la protagonista del cuento "Revelaciones" de la gran escritora neocelandesa Katherine Mansfield. Una advertencia: Mónica es una mujer joven y tiene un marido que la adora.

Los hombres han escrito hasta el infinito sobre las mujeres y cuando se refieren a su soledad, lo hacen corrientemente desde un mismo punto de vista: el del vacío del corazón. Solteronas patéticas, cuarentonas desequilibradas, almas errantes sin ancla por carecer de sexo y amor. Cuadros patológicos brillantes, como nos brindan aquí Sherwood Anderson, Guy de Maupassant, Mujica Lainez, John Cheever o Eça de Queiroz: tristes representantes de su género que no supieron dónde buscar el centro cuando la carne murió o cuando se abstuvo de nacer. Es interesante el hecho de que para estos espléndidos escritores –para casi todos, en realidad– la soledad femenina sea sólo aquélla: la determinada por la ausencia del hombre (y, reitero, es el hombre quien escribe). Sus protagonistas femeninas pierden el sentido de la realidad y la sociedad las apunta: "Ahí va la loca".

Dos preguntas válidas para mirar a esta *enajenada*: primero, ¿no intuirá ella —en su fuero interno— que las leyes de lo real las establecieron, las establecen y las establecerán los hombres, dejándola presa de disquisiciones ajenas? Segundo, ¿no será que la locura, al fin y al cabo, es un refugio elegido frente a la agresión que se siente incapaz de resolver?

Uno de los méritos principales de este excelente libro de cuentos es que nos encamina hacia un encuentro amoroso y solidario con diferentes tipos de mujeres que nos regalan aquello que sólo la literatura hace posible: traspasar los límites de nuestra propia vida para penetrar en una ajena, la de cualquiera de ellas, perdiendo por instantes la rigidez a la que nos reduce nuestra cotidianidad, irremediablemente pequeña y limitada. No depende de nuestra voluntad controlar el fenómeno de identificación que nos posee: toda mujer reconoce en la otra, aunque sea con temor, una probabilidad de sí misma.

Tomemos el ejemplo de Alicia, la protagonista de "La aventura", el cuento de Sherwood Anderson que encabeza esta antología. Repasemos algunos de sus sentires, los que veremos, de una forma u otra, reproducidos en otros cuentos. Ella es una oscura figura que habita un pueblo cualquiera de Norteamérica, trabaja en un almacén de ultramarinos, apenas tiene familia y se ha enamorado de Ned, un muchacho que abandona el pueblo prometiendo volver en su busca... lo cual, por supuesto, nunca llega a concretarse. Alicia, como todas, "ocultaba, bajo apariencias de placidez, un fermento interior en continua actividad", y así responde a la pasión de su amado: "...se llenó de exaltación, porque la traicionó su deseo de que entrara en su existencia monótona un rayo de belleza". Cuando el tiempo pasa, su intuición le grita a voz en cuello que Ned ya no volverá. Alicia se paraliza en su espera. "Pasaban las semanas, convirtiéndose en meses, los meses en años, y Alicia esperaba todavía en el almacén de ultramarinos, soñando siempre con la vuelta de su amante." "Ned, te estoy esperando, murmuraba una y otra vez, y el temor que se iba deslizando en su alma, de que no volviese nunca más, adquirió cada día mayor fuerza." Nada habitaba el alma de Alicia sino la espera, una estatua de sal inmersa en la fantasía caprichosa de sus deseos. Algunos años más tarde, "...haciéndosele insoportable su soledad, se vistió con sus mejores ropas y salió del pueblo. (...) Asaltole el temor de su edad y de la inutilidad de todo lo que hiciese". Sólo entonces, luego de años y años sumida en la petrificación, la pasividad de Alicia se altera: "Se dio cuenta de que había perdido la belleza y la frescura de la juventud, y se estremecía de temor. En aquel momento tuvo por primera vez la sensación de que la habían estafado". ¿Puede la respuesta de Alicia a esa sensación irradiar sobriedad, equilibrio, sensatez? Dejémosla ya... que la acción hable por sí misma. Pero antes de despacharla, hagámonos la siguiente pregunta: ¿condenaremos a una mujer por haber tratado de introducir un rayo de belleza en su monotonía? Quien esté libre de pecado, que tire la primera piedra.

Nadie en su sano juicio puede negar que la peor de todas las hambres es aquella del amor y que su ausencia constituye una fuente de enorme soledad para los seres humanos, hombres y mujeres, y quizá más fuertemente para estas últimas, si sus vidas se han desarrollado a la sombra del otro. Todo puede suceder en ese terreno hambriento, se puede creer cualquier cosa, abarcando el baldío lo que sea para poblarse, dándole cabida al más feroz delirio como a la más sutil demencia. Cuando se cuenta con menos vivencias *objetivas*, con menos vida externa, con menos energía y pasión hacia la formación del mundo ancho y con menos participación en el desarrollo de las sociedades, más propensión habrá para tales devaneos, más espacio interior encontrará la miseria. Y como las mujeres conocen bien la historia, distinguen sus posibilidades de inmediato: saben qué manos se apoderaron de todo aquello que no fuera *lo interior*; por lo tanto, se reconocen como las primeras víctimas posibles. Víctimas simbióticas, obsesivas, pegajosas. Luces en el firmamento que no se detienen hasta verse refrendadas en los ojos de otro. El engañoso concepto del amor taladrando todos los vacíos.

Pero existe otra soledad, una que nos es propia, la que menciona Mónica en el cuento de Mansfield, y que no se relaciona con el amor de pareja. Es aquella, inmensa e insondable, que resulta de haber nacido en un mundo ajeno, en un mundo diseñado para otros que no son los de tu especie. Es abrir los ojos al instante mismo de nacer y percibir el aterrizaje en un lugar donde no te esperaban, donde no fuiste bienvenida, donde a priori te instalaron como a un ser de segunda categoría. No importa tu clase ni tu raza: naciste castigada. Tu anatomía, sólo por ser femenina, será taladrada por la desigualdad milenaria; en ella golpeará la injusticia por ser la anatomía de una mujer. Y con ella a cuestas —lo sepas o no, tengas o no conciencia de ello— recorrerás la tierra como la perenne exiliada, como la última desheredada, maldita por habitar un espacio ya apropiado por otros, por ser arrojada al patio de atrás, a los rincones, siempre rincones retraídos y postergados.

Ésa es la soledad de las mujeres desde que el mundo se creó.

Invisibles. Suprimidas. Desoídas. Silenciadas. Habladas, escritas y contadas por otros, sin lenguaje, con una media modulación. Normadas sin haber dado su parecer. Hipotecadas. La capacidad escondida, la inteligencia subterránea. Ésa es la trayectoria de nuestros genes; ésos, los modelos hacia donde volver la vista. Ése es el libro de la historia. Y en él, un par de páginas para las *otras,* las que nadie logró domesticar, las que no se avinieron con las *virtudes femeninas,* las que quisieron distinguirse, las que no se sometieron. Sí, un par de páginas para las satanizadas, las que no alcanzan a aplacar nuestro desamparo ya que no contienen un solo *happy end,* sólo los altos precios que pagaron por su desacato, con sus propias vidas en los peores momentos, con su cordura en otros, pero pagando. Y siempre, siempre con la soledad sobre las espaldas.

Hubiera querido realizar un acto de magia: escribir el prólogo para un libro de cuentos de mujeres solas del próximo siglo y que éste incluyera sólo relatos nuevos. Si Elias Canetti tuvo razón y los escritores somos los centinelas de la metamorfosis, los testigos de los cambios sociales, ¿qué narraciones contendría ese libro? Sólo entonces podríamos comprobar si las últimas décadas de historia llegaron para quedarse, si el avance espectacular que las mujeres han protagonizado es irreversible o no, y sólo en ese instante seríamos capaces de desentrañar si la soledad era otra.

MARCELA SERRANO
Ciudad de México, junio de 2002

Una aventura

Sherwood Anderson

Alicia Hindman, que tenía ya veintisiete años cuando George Willard era todavía un muchacho, había pasado toda su vida en Winesburgo. Estaba empleada en el almacén de ultramarinos de Winney, y vivía en casa de su madre, casada en segundas nupcias. El padrastro de Alicia, pintor de coches, se daba a la bebida.

Tenía ella una historia muy extraña, y vale la pena que la cuente yo algún día.

Cuando Alicia cumplía veintisiete años era una muchacha alta y más bien delgada. Su cabeza, muy voluminosa, era lo que más se destacaba de su cuerpo; tenía la espalda un poco encorvada, los ojos y los cabellos negros. Era una mujer muy tranquila que ocultaba, bajo apariencias de placidez, un fermento interior en continua actividad.

Había corrido una aventura amorosa con cierto joven, siendo ella una chiquilla de dieciséis años. Por aquel entonces no había empezado todavía a trabajar en el almacén. El joven, que se llamaba Ned Currie, era mayor que Alicia. Estaba empleado, como George Willard, en el Winesburg Eagle; durante mucho tiempo se veía casi todas las noches con Alicia. Paseaban juntos bajo los árboles, por las calles del pueblo, y hablaban del destino que darían a sus vidas. Alicia era entonces una chiquilla muy linda, y Ned Currie la estrechó entre sus brazos y la besó.

El joven se exaltó y dijo cosas que no pensaba decir. También Alicia se llenó de exaltación, porque la traicionó su deseo de que entrara en su existencia monótona un rayo de belleza; también ella habló, quebrose la corteza exterior de su vida, con toda su reserva y desconfianza características, y se entregó por completo a las emociones del amor. Ned Currie se marchó a Cleveland cuando ella iba a cumplir dieciocho años, esperando colocarse en un periódico de aquella ciudad y abrirse camino en el mundo. Alicia quería marcharse con él. Manifestó con voz temblorosa su oculto pensamiento.

—Yo trabajaré, y tú podrás también trabajar —díjole—. No quiero echarte encima una carga inútil que te impida progresar. No te cases ahora conmigo. Prescindiremos por el momento de ello, aunque vivamos juntos. Nadie murmurará de que habitemos en la misma casa, porque nadie nos conocerá en aquella ciudad y la gente no se fijará en nosotros.

Ned Currie se quedó confuso ante aquella decisión y entrega que de sí misma le hacía su novia; pero se sintió también conmovido. Su primer deseo había sido hacer de la muchacha su querida mas cambió de resolución. Pensó en protegerla y cuidar de ella.

—No sabes lo que dices —le contestó con aspereza—. Ten la seguridad de que no te consentiré que hagas semejante cosa. En cuanto consiga un buen empleo, regresaré. Por ahora tendrás que quedarte aquí. Es lo único que podemos hacer.

La víspera del día en que había de marcharse de Winesburgo para empezar su nueva vida en la ciudad, fue Ned Currie a buscar a Alicia. Empezaba a anochecer. Pasearon por las calles durante una hora; luego alquilaron un cochecillo en las caballerizas de Wesley Moyer y fueron a dar un paseo por el campo. Salió la luna, y los muchachos no supieron qué decirse. La tristeza hizo olvidar al joven los propósitos que había hecho respecto a su manera de conducirse con la muchacha.

Saltaron del coche junto a un extenso prado que descendía hasta el lecho del arroyo Wine, y allí, en la pálida claridad, fueron amantes. Cuando regresaron a la población, hacia medianoche, los dos estaban muy alegres. Parecíales que ningún acontecimiento futuro podría borrar la maravilla y la belleza de lo que acababa de ocurrir. Ned Currie dijo al despedirse de ella a la puerta de la casa de su padre:

—De aquí en adelante tendremos que seguir unidos, suceda lo que suceda.

El joven periodista no consiguió colocarse en Cleveland, y marchó hacia el Oeste, a Chicago. Durante algún tiempo sentía su soledad y escribía todos los días a Alicia. Pero la vida de la ciudad lo envolvió en su torbellino; fue teniendo amigos, y descubrió en la existencia nuevos motivos de atracción. Se hospedaba en Chicago en una pensión donde había varias mujeres. Una de ellas despertó su interés, y olvidó a Alicia, que se había quedado en Winesburgo. Antes de finalizar el año, dejó de escribirle, y sólo se acordaba de la muchacha muy de tarde en tarde, cuando se sentía solitario o paseaba por alguno de los parques de la ciudad y veía brillar la luz de la luna sobre la hierba como brillaba aquella noche en el prado cercano al arroyo Wine.

La muchacha de Winesburgo, iniciada ya en el amor, fue creciendo hasta hacerse mujer. Cuando contaba ella veintidós años, falleció de repente su padre, que tenía una guarnicionería. Como el guarnicionero era un antiguo soldado, su viuda empezó a cobrar al cabo de algunos meses una pensión de viudedad. Invirtió el primer dinero que cobró en comprar un telar para dedicarse a tejer alfombras. Alicia consiguió un empleo en el almacén de Winney. Durante varios años no hubo nada capaz de hacerle creer que Ned Currie no acabaría volviendo a buscarla.

Se alegró de estar empleada, porque la diaria rutina del trabajo en el almacén hacía menos largo y aburrido el tiempo de la espera. Empezó a ahorrar dinero, con ánimo de ir a la ciudad en busca de su amante en cuanto tuviese ahorrados doscientos o trescientos dólares, a fin de intentar reconquistar su cariño con su presencia.

Alicia no censuraba a Ned Currie por lo que había ocurrido en el campo a la luz de la luna; pero experimentaba la sensación de que no sería capaz ya de casarse con otro hombre. Conceptuaba una monstruosidad la idea de entregar a otro lo que ella tenía conciencia de que sólo podía pertenecer a Ned. No hizo caso alguno de los jóvenes que procuraron atraer su interés. "Soy su mujer y continuaré siéndolo, vuelva o no vuelva", se decía a sí misma; y por muy dispuesta que estuviese a mirar por su propio interés, no habría sido capaz de comprender el ideal, cada vez más difundido hoy, de una mujer dueña de sus propios destinos, persiguiendo, en un toma y daca, su propia finalidad de la vida.

Alicia trabajaba en el almacén desde las ocho de la mañana hasta las seis de la noche, y tres tardes por semana volvía a trabajar de siete a nueve. Conforme fue pasando el tiempo y ella sintió cada vez más su soledad, empezó a poner en práctica los recursos comunes a todas las personas solitarias. Por la noche, cuando subía a su cuarto, se arrodillaba en el suelo para rezar, y en medio de sus rezos murmuraba las cosas que hubiera querido decir a su amante. Se aficionó a objetos inanimados, y no consintió que nadie pusiese mano en los muebles de su habitación, porque ésta era suya exclusivamente. Continuó ahorrando dinero, aun después de abandonar su propósito de irse a la ciudad en busca de Ned Currie.

El ahorro se convirtió para ella en un hábito adquirido, y cuando necesitaba comprar ropa nueva, se privaba de hacerlo. A veces, en tardes lluviosas, sacaba en el almacén su libreta de banco, y abriéndola, pasaba las horas muertas soñando cosas imposibles, a fin de economizar una cantidad de dinero suficiente para que ella y su futuro marido pudiesen vivir de sus rentas.

—A Ned le ha gustado siempre viajar —dijo—. Le daré oportunidad de hacerlo. Cuando estemos ya casados y pueda yo ahorrar su dinero y el mío, nos haremos ricos. Entonces podremos recorrer juntos todo el mundo.

Pasaban las semanas, convirtiéndose en meses, los meses en años, y Alicia esperaba todavía en el almacén de ultramarinos, soñando siempre con la vuelta de su amante. Su patrono, un anciano de pelo entrecano, dentadura postiza y bigotito ralo que le caía sobre la boca, era poco aficionado a la charla. En ocasiones, los días lluviosos o los días de invierno en que el temporal se desencadenaba sobre la calle Mayor, transcurrían horas y horas sin que entrase un solo cliente. Alicia arreglaba y volvía a arreglar los géneros de la tienda. Permanecía en pie junto al escaparate, desde donde se podía observar la calle desierta, y pensaba en las noches en que paseaba con Ned Currie y en las cosas que éste le había dicho. "De aquí en adelante tendremos que ser el uno del otro." Estas palabras resonaban una y otra vez en el cerebro de aquella mujer que iba entrando en años. Asomaban las lágrimas a sus ojos. A ratos, cuando había salido su patrono y ella se encontraba sola en el almacén, apoyaba la cabeza en el mostrador y lloraba. "Ned, te estoy esperando", murmuraba una y otra vez, y el temor, que se iba deslizando en su alma, de que no volviese nunca más adquirió cada día mayor fuerza.

La región que rodea a Winesburgo es deliciosa durante la época de primavera, después de las lluvias del invierno y antes de que lleguen los calurosos días del estío.

El pueblo se levanta en medio de una llanura; pero allende los sembrados surgen encantadoras extensiones de bosques. Hay en esas arboledas muchos pequeños rincones escondidos, lugares tranquilos adonde suelen ir a sentarse los enamorados las tardes de domingo. Entre los árboles se descubre la llanura, y se atisba desde allí a la gente de las granjas atareada en los corrales, y a las personas que van y vienen en carruaje por las carreteras. Repican las campanas en el pueblo, y de cuando en cuando pasa un tren que, visto de lejos, parece un juguete.

Pasaron algunos años después de la partida de Ned Currie sin que Alicia fuese al bosque los domingos con otros jóvenes, pero cierto día, a los dos o tres años de la marcha de Ned, haciéndosele insoportable su soledad, se vistió con sus mejores ropas y salió del pueblo. Encontró un pequeño espacio abrigado, desde el cual podía distinguir el pueblo y una ancha faja de campo, y se sentó. Asaltole el temor de su edad y de la inutilidad de todo lo que hiciese. No pudo permanecer sentada, y se levantó. Puesta en pie, al ir recorriendo con la mirada el paisaje, hubo algo —acaso el pensamiento de aquella vida no interrumpida jamás a través de la cadena de las estaciones del año— que le hizo fijar su atención en el tiempo que pasaba. Se dio cuenta de que había perdido la belleza y la frescura de la juventud, y se estremecía de temor. En aquel momento tuvo por primera vez la sensación de que la habían estafado. No le echaba la culpa a Ned Currie y no sabía tampoco a quién echársela. Se sintió invadida de tristeza; cayó de rodillas y se esforzó por rezar; pero en lugar de oraciones salieron de sus labios palabras de protesta. "No volverá ya a mí. No volveré a encontrar ya la felicidad. ¿Por qué trato de engañarme a mí misma?", exclamó, y se sintió poseída de una extraña sensación de alivio, procedente de aquel primer esfuerzo para enfrentarse con el miedo, que había llegado a ser una parte de su existencia diaria.

El año que Alicia cumplió los veinticinco, acontecieron dos cosas que rompieron la triste monotonía de sus días.

Su madre se casó con Bush Milton, el pintor de coches de Winesburgo, y ella, por su parte, ingresó en la Congregación de la Iglesia metodista. Alicia se amparó en la Iglesia porque había llegado a tener miedo de la soledad de su vida. El segundo matrimonio de su madre había puesto más aún de relieve su aislamiento. "Me estoy haciendo vieja y rara. Si Ned vuelve, ya no me querrá. Los hombres de la ciudad donde él está viven en una perpetua juventud. Son tantas las cosas que allí ocurren, que no tienen tiempo de hacerse viejos", se decía a sí misma con una sonrisa de amargura. Empezó a relacionarse resueltamente con otras personas. Todos los martes, luego de cerrar el almacén, iba a una reunión religiosa que se celebraba en el sótano de la iglesia, y los domingos por la noche acudía a las reuniones de una Sociedad que se llamaba la Liga de Epworth.

Alicia no dijo que no cuando Will Hurley, un hombre de mediana edad, empleado en un almacén de drogas, y que pertenecía también a la iglesia, se ofreció a acompañarla hasta su casa. "Claro está que no consentiré que se acostumbre a venir conmigo; pero no veo peligro alguno en que venga de tiempo en tiempo", pensó, decidida siempre a continuar siendo fiel a Ned Currie.

Sin que ella misma se diera cuenta, Alicia intentaba asirse de nuevo a la vida, débilmente al principio, aunque luego con mayor resolución cada vez. Caminó en silencio junto al dependiente del almacén de drogas; pero más de un día, en la oscuridad, mientras andaban como dos estúpidos, alargó la mano para tocar suavemente los pliegues de su chaqueta. Cuando se despidió de ella frente a la puerta de la casa de su madre, Alicia, en vez de entrar en la casa, se quedó un momento junto a la puerta. Sentía impulsos de llamar al tendero aquel, de rogarle que se sentara con ella en la oscuridad del pórtico de la casa; pero temió que no comprendiese. "No es a él a quien quiero —se dijo a sí misma—. Lo que busco es huir de mi gran soledad. Si no tomo precauciones, acabaré por desacostumbrarme del trato de la gente."

A principios de otoño del año que cumplía los veintisiete, se apoderó de Alicia un desasosiego apasionado. No podía sufrir la compañía del dependiente de la droguería, y cuando llegaba él, al anochecer, para sacarla de paseo, lo despedía ella. Su cerebro trabajaba con una intensa actividad; volvía a casa, fatigada de permanecer largas horas detrás del mostrador, y se metía en la cama; pero no podía conciliar el sueño. Permanecía con los ojos muy abiertos, queriendo penetrar en la oscuridad. Su imaginación jugaba dentro del cuarto como un niño que se despierta tras de dormir muchas horas. En lo más profundo de su ser había algo que no se dejaba engañar con fantasías y exigía a la vida una respuesta bien definida.

Alicia cogió una almohada entre sus brazos y la apretó fuertemente contra su seno. Se echó fuera de la cama y arregló la manta de guisa que, en la oscuridad, abultaba como si hubiese alguien entre las sábanas; se arrodilló junto al lecho y acarició aquel bulto, susurrando una y otra vez cual una cantilena: "¿Por qué no sucede algo de improviso? ¿Por qué me dejan sola?". Aunque algunas veces se acordaba de Ned Currie, lo cierto es que no contaba ya con él. Sus deseos se habían hecho imprecisos. No suspiraba por Ned Currie ni por ningún otro hombre determinado. Quería ser amada, que hubiese algo que hiciera eco al llamamiento que surgía de su interior a cada instante con más brío.

Así las cosas, tuvo Alicia una aventura; fue en una noche de lluvia, y aquella aventura la llenó de terror y confusión. Había regresado del almacén a las nueve, y no encontró a nadie en casa. Bush Milton andaba por el pueblo, y su madre había ido a ver a una vecina. Alicia subió a su cuarto y se desvistió a oscuras. Permaneció un momento junto a la ventana, escuchando el ruido de las gotas que golpeaban los cristales, y de pronto se apoderó de ella un extraño deseo. Sin detenerse a pensar en lo que iba a hacer, echó a correr escalera abajo por la vivienda en tinieblas y se expuso a la lluvia que caía. Mientras permanecía en pie en el pequeño espacio sembrado de hierba que había frente a su casa, sintiendo correr por su cuerpo el agua fría, se adueñó por completo de ella un deseo loco de echar a correr desnuda por las calles.

Se imaginó que la lluvia ejercía sobre su cuerpo un influjo creador y maravilloso. Hacía muchos años que no se había sentido tan llena de juventud y energía. Sentía impulsos de saltar y correr, de gritar, topar con algún ser humano solitario y abrazarse a él. Por la acera enlosada se oyeron los torpes pasos de un hombre que iba camino de su casa. Alicia echó a correr. La poseía un capricho salvaje y desesperado. "¡Qué me importa quién sea! Está solo y me llegaré a él", pensó; y sin detenerse a reflexionar en las posibles consecuencias de su locura, lo llamó cariñosamente de este modo:

—¡Aguarde! No se marche. Sea usted quien sea, tiene que aguardar.

El hombre que pasaba por la acera se detuvo y se quedó escuchando. Era viejo y algo sordo. Se llevó la mano a la boca para dar más resonancia a sus palabras y gritó con toda su fuerza:

—¿Cómo? ¿Qué dice?

Alicia se dejó caer al suelo, toda temblorosa. Tan asustada estaba, pensando en lo que había hecho, que, mientras el hombre seguía su camino, ella no tuvo valor para ponerse en pie, sino que se dirigió hasta su casa gateando sobre la hierba. Cuando llegó a su cuarto, se encerró por dentro y arrimó la mesa de tocador a la puerta. Su cuerpo tiritaba como si hubiese cogido frío, y era tal el temblor de sus manos que no podía ponerse el camisón. Se metió en la cama, hundió su rostro en la almohada y sollozó desconsoladamente. "¿Qué es lo que me pasa? Si no tomo precauciones, un día haré algún disparate horrible", pensaba. Se volvió de cara a la pared y procuró armarse de valor para acostumbrarse a la idea de que son muchas las personas que se ven obligadas a vivir y morir solitarias, aun en Winesburgo.

La buena gente del campo

Flannery O'Connor

Aparte de la expresión neutral que tenía cuando estaba sola, la señora Freeman tenía otras dos, una ansiosa y, la otra, contrariada, que usaba en todas sus relaciones humanas. Su expresión ansiosa era firme y fuerte como la lenta marcha de un camión pesado. Sus ojos jamás se desviaban bruscamente a la derecha o a la izquierda, sino que giraban como un ciclo, como si siguieran una franja amarilla en su mismo centro. Raras veces usaba las otras expresiones porque no le era necesario retractarse a menudo de algo que había dicho; pero cuando lo hacía, su rostro se detenía en seco, había un movimiento casi imperceptible en sus negros ojos, durante el cual parecían retroceder, y entonces, un observador podía ver que la señora Freeman, aun cuando estaba allí tan real como varias bolsas de granos apiladas, estaba ausente en espíritu. En cuanto a hacerle comprender algo cuando sucedía esto, la señora Hopewell ya había desistido de intentarlo. Podría hablar hasta morirse. Era imposible conseguir que la señora Freeman admitiera que se había equivocado en algo. Y, si se la podía hacer hablar, entonces, era algo como:

—Bueno, no podría decir que fue así y no podría decir que no fue así.

O dejaba que su mirada se posase en el último estante de la cocina donde había un montón de botellas polvorientas, y decía:

—Ya veo que no ha comido muchos de los higos que recogió el verano pasado.

Llevaban a cabo los negocios de mayor importancia en la cocina en el transcurso del desayuno. Todas las mañanas, la señora Hopewell se levantaba a las siete, encendía su calentador de gas y el de Joy. Joy era su hija, una muchacha rubia y enorme que tenía una pierna artificial. La señora Hopewell la consideraba una niñita, aun cuando ya tenía treinta y dos años y era muy educada. Joy se levantaba cuando su madre estaba comiendo, avanzaba hacia el lavabo y daba un portazo; al poco tiempo, llegaba la señora Freeman por la puerta trasera. Joy oía a su madre que decía:

—Entre.

Y luego conversaban un rato en voz baja. Era imposible, desde el lavabo, entender lo que decían. Cuando Joy se acercaba, por lo general ya habían terminado con las noticias meteorológicas y empezaban con una de las dos hijas de la señora Freeman, Glynese o Carramae. Joy las llamaba Glycerin y Caramel. Glynese, una pelirroja, tenía dieciocho años y muchos admiradores; Carramae, una rubia, tenía sólo quince pero ya estaba casada y embarazada. Su estómago no soportaba nada. Todas las mañanas, la señora Freeman le contaba detenidamente a la señora Hopewell las veces que su hija Carramae había vomitado desde su último informe.

A la señora Hopewell le gustaba decirle a la gente que Glynese y Carramae eran las mejores chicas que conocía y que la señora Freeman era una dama y que a ella nunca la avergonzaba llevarla a cualquier parte o presentarla a cualquiera que encontraran por el camino. Luego, contaba cómo había llegado a tomar a los Freeman a su servicio en primer lugar, y hasta qué punto eran un regalo del cielo para ella y cómo los había tenido cuatro años. La razón por la cual hacía tanto tiempo que estaban con ella era porque no las consideraba basura. Era buena gente del campo. Había llamado por teléfono al hombre cuyo nombre conocía por referencia y él le había dicho que el señor Freeman era un buen granjero pero que su mujer era la mujer más correveidile que había pisado la tierra.

–Tiene que meterse en todo –dijo el hombre–. Si no llega al lugar de los acontecimientos antes que se asiente el polvo, puede apostar que está muerta, eso es todo. Querrá saber todos sus asuntos. Yo de él tengo buen concepto, pero ni yo ni mi mujer podríamos haber aguantado a esa mujer un solo minuto más en esta casa.

Eso hizo que la señora Hopewell pospusiera su decisión por unos pocos días.

Los había contratado al final porque no había otros candidatos, pero había resuelto de antemano la manera de manejar a esa mujer. Ya que pertenecía al tipo de los que tienen que meter las narices en todo, entonces, la señora Hopewell había decidido que no sólo le permitiría meterse en todo, sino que se *ocuparía* de

que tuviese que meterse en todo: le daría la responsabi-
lidad de todo, la pondría a cargo de todo. La señora
Hopewell no tenía malas cualidades en sí misma, pero
podía usar las de los demás de una manera tan cons-
tructiva que nunca sintió esa carencia. Había contratado a los Freeman y hacía cuatro años que los tenía a sus
órdenes.

Nada es perfecto. Éste era uno de los dichos prefe-
ridos de la señora Hopewell. Otro era: ¡así es la vida! Y
uno más, el más importante, era: bueno, los demás también tienen su opinión. Pronunciaba estas declaraciones
generalmente en la mesa, con un tono de insistencia
gentil como si ella fuera la única que las decía, y la enorme y pesada Joy, de cuya cara el permanente furor había
borrado toda expresión, miraba un poco de lado, con
sus ojos de un azul helado, y la mirada de alguien que
ha conseguido la ceguera por tener la voluntad y los medios de poseerla.

Cuando la señora Hopewell le decía a la señora
Freeman que la vida era así, la señora Freeman decía:

—Yo siempre lo he dicho.

Nadie podía llegar a alguna conclusión sin que
ella no lo hubiera hecho con anterioridad. Pero la señora Hopewell era más lista que ella. Cuando la señora
Hopewell le dijo después de cierto tiempo de permanencia allí: "Sabe, usted es la rueda detrás de la rueda",
y le había guiñado un ojo, la señora Freeman había
contestado:

—Ya lo sé. Siempre he sido lista. Es que unos son
más listos que otros.

–Todo el mundo es diferente –dijo la señora Hopewell.

–Sí, pero ya sé cómo es la mayoría –dijo la señora Freeman.

–Toda clase de gente es necesaria en este mundo.

–Siempre lo he dicho.

La muchacha estaba acostumbrada a este tipo de diálogo en el desayuno, que continuaba en el almuerzo; a veces, también lo sostenían en la cena. Cuando no había visitas, comían en la cocina porque resultaba más fácil. La señora Freeman siempre se las arreglaba para llegar en algún momento de la comida y observarlas hasta que terminaban. Se quedaba de pie contra la puerta si era verano, pero en invierno ponía un codo encima de la nevera y las miraba desde lo alto, o se ponía al lado del calentador a gas, levantando apenas la parte posterior de su falda. De tanto en tanto se recostaba contra la pared y movía la cabeza de un lado a otro. Todo esto era muy difícil de soportar para la señora Hopewell, pero ella era mujer de una gran paciencia. Pensó que nada era perfecto y que con los Freeman podía contar con gente buena del campo y que si, en estos tiempos, uno tenía gente buena del campo, lo mejor era mantenerlos a su lado.

Había tenido mucha experiencia con basura. Antes de los Freeman, tuvo un promedio de una familia residente al año. Las mujeres de esos granjeros no eran de la clase que una quisiera tener alrededor por mucho tiempo. La señora Hopewell, que se había divorciado de su marido hacía mucho, necesitaba alguien que camina-

se con ella por el campo; y cuando tenía que presionar a
Joy para que lo hiciera, los comentarios de ésta eran por
lo general tan desagradables y su rostro tan hosco que la
señora Hopewell le decía:

—Si no vienes de buen grado, no quiero que lo
hagas.

Ante lo cual la muchacha, robusta y de hombros
rígidos, con el cogote dispuesto un poco hacia adelante,
replicaba:

—Si quieres que lo haga, aquí estoy: COMO SOY.

La señora Hopewell excusaba esta actitud debido a
la cojera (Joy había recibido un disparo en un accidente
de caza cuando tenía diez años). Le resultaba duro a la
señora Hopewell darse cuenta de que su niña ahora tenía treinta y dos años y que hacía más de veinte que tenía una sola pierna. Todavía la consideraba una niñita
porque le hacía pedazos el corazón pensar en la pobre
muchacha corpulenta que nunca había dado un paso de
baile o tenido una diversión *normal*. Su nombre verdadero era Joy pero tan pronto como cumplió los veintiún
años y se fue de casa, se lo hizo cambiar legalmente. La
señora Hopewell estaba segura de que había pensado y
pensado hasta encontrar el nombre más feo en cualquier idioma. Se hizo cambiar el hermoso nombre de
Joy. Lo había cambiado sin decirle una palabra a su madre. Su nombre legal era Hulga.

Cuando la señora Hopewell pensó en ese nombre,
Hulga, se imaginó el ancho casco vacío de un barco de
guerra. No lo usaría. Siguió llamándola Joy y su hija le
contestaba de una manera puramente mecánica.

Hulga había aprendido a tolerar a la señora Freeman, quien le evitaba caminar con su madre. Hasta
Glynese y Carramae eran de alguna utilidad, pues ocu-
paban una atención que, de otra manera, habría estado
dirigida hacia ella. Al principio, había creído que no
podría tolerar a la señora Freeman porque había descubierto que no era posible tratarla con rudeza. La señora Freeman se recargaba de extraños resentimientos
y luego durante días enteros permanecía malhumora-
da, pero la fuente de su descontento era siempre oscura; un ataque directo, una mirada mal intencionada,
una maldad dicha en su cara, estas cosas nunca le hacían mella. Y un día sin previo aviso, comenzó a llamarla Hulga.

No la llamaba de esa manera delante de la señora
Hopewell, que se hubiera enfurecido; pero, cuando ella
y la muchacha se encontraban juntas por casualidad
fuera de la casa, ella decía algo y agregaba el nombre de
Hulga al final, y la corpulenta y miope Joy-Hulga frun-
cía el ceño y se sonrojaba como si le hubieran violado
su intimidad. Ella consideraba el nombre como algo
personal. Había dado con él al principio basándose puramente en su feo sonido, y después le había impresionado lo apropiado que quedaba para el caso. Tenía la
visión de un nombre que trabajaba como el feo y sudo-
roso Vulcano que permaneció en el horno y a cuya llamada, presumiblemente, la diosa debía acudir siempre
que él así lo deseara. Lo vio como el nombre de su mayor acto creativo. Uno de sus mayores triunfos era el de
que su madre no había podido borrar la primacía de

Joy, pero lo más importante de todo fue que se había podido transformar en Hulga. Sin embargo, el placer de la señora Freeman en usar el nombre la irritaba. Era como si los ojos acuosos y acerados de la señora Freeman hubieran penetrado lo suficiente dentro de su rostro como para alcanzar el meollo de algún acontecimiento secreto. Había algo en ella que fascinaba a la señora Freeman y un día Hulga se dio cuenta de que era la pierna artificial. La señora Freeman tenía un gusto especial por los detalles de las infecciones secretas, de las deformidades escondidas, de los atropellos contra los niños. De las enfermedades, ella prefería las prolongadas o las incurables. Hulga había oído a la señora Hopewell darle los detalles del accidente de caza, de qué manera la pierna había sido literalmente arrancada, que ella en ningún instante había perdido el conocimiento. La señora Freeman podía escuchar esto en cualquier momento como si hubiera sucedido hacía una hora.

Cuando Hulga entraba cojeando en la cocina por la mañana (podía caminar sin ese ruido horrible que hacía, pero lo hacía —la señora Hopewell estaba segura— porque el sonido era espantoso), las miraba sin decir palabra. La señora Hopewell estaba vestida con su quimono rojo y el cabello atado con un pañuelo. Se hallaba sentada a la mesa, terminando su desayuno, y la señora Freeman, con el codo apoyado en la nevera, miraba desde lo alto. Hulga siempre ponía huevos a hervir y luego permanecía de brazos cruzados frente a ellas, y la señora Hopewell la miraba —una especie de mirada oscilante entre ella y la señora Freeman– y pensaba que, sólo manteniéndose un poco más erguida, no sería tan fea. No había nada desagradable en sus facciones y una expresión grata la hubiera transformado. La señora Hopewell decía que las personas que veían el lado brillante de las cosas eran hermosas aunque no lo fueran en realidad.

Siempre que miraba a Joy de esta forma, no podía dejar de sentir que hubiera sido mejor que la niña no hubiese hecho el doctorado. Ciertamente no la había cambiado y ahora que lo poseía, ya no tenía más la excusa para volver al colegio. Los médicos le habían dicho que Joy, con muchos cuidados, podía llegar a los cuarenta y cinco. Tenía un corazón débil. Joy había afirmado bien a las claras que, de no ser por su estado, estaría lejos de estas colinas rojas de la gente buena del campo. Estaría en una universidad dictando cursos a gente que sabría de qué estaba hablando. Y la señora Hopewell se la podía imaginar allí, con aspecto de espantapájaros y enseñando a gente como ella. Aquí, deambulaba todo el día con una falda de seis años de uso y una camiseta amarilla, con un borroso vaquero sobre un caballo estampado en el pecho. Ella opinaba que era divertido; la señora Hopewell, en cambio, pensaba que era idiota y que sólo demostraba que todavía era una niña. Era brillante, pero no tenía ni una pizca de sentido común. A la señora Hopewell le parecía que cada año se volvía menos parecida a la demás gente y acentuaba su propia imagen: abotargada, ruda y bizca. ¡Y decía cosas tan extrañas! Le había dicho a su propia madre, sin advertencia previa, sin excusas, poniéndose de pie en medio de una comida con el rostro púrpura y la boca medio llena:

—¡Mujer! ¿Miras alguna vez en tu interior? ¿Alguna vez miras en tu interior y ves lo que *no* eres? ¡Dios mío! —había chillado dejándose caer nuevamente y mirando su plato—, Malebranche tenía razón. ¡No somos nuestra propia luz!

Hasta el día de hoy, la señora Hopewell no tenía la menor idea sobre qué era lo que había desatado ese exabrupto. Ella sólo había dicho, con la esperanza de que Joy la escuchara, que una sonrisa nunca hacía mal a nadie.

La muchacha había hecho su doctorado en filosofía y esto había dejado en total desventaja a la señora Hopewell. Uno podía decir: "Mi hija es enfermera", o "Mi hija es maestra", o incluso "Mi hija es ingeniero químico". Uno no podía decir: "Mi hija es filósofo". Eso era algo que había terminado con los griegos y los romanos.

Joy se pasaba el día sentada en un profundo sillón, leyendo. De vez en cuando, se iba a caminar, pero no le gustaban ni los perros, ni los gatos, ni los pájaros, ni las flores, ni la naturaleza o los jóvenes. Miraba a los jóvenes como si estuviera oliendo su estupidez.

Un día la señora Hopewell había cogido uno de los libros que la muchacha acababa de dejar y, abriéndolo al azar, leyó:

"La ciencia, por otro lado, tiene que afirmar nuevamente su sobriedad y seriedad y declarar que sólo le preocupa lo-que-es. La nada, ¿qué otra cosa puede ser para la ciencia sino horror y fantasmagorías? Si la ciencia tiene razón, entonces hay algo que permanece firme: la ciencia no desea saber nada acerca de la nada. Eso es, después de todo, la actitud estrictamente científica frente a la Nada. Lo sabemos al no desear saber nada acerca de la Nada."

Estas palabras habían sido subrayadas con un lápiz azul y tuvieron para la señora Hopewell el efecto de alguna encarnación diabólica en forma de parloteo. Cerró el libro rápidamente y salió del cuarto como si estuviera a punto de ser presa de terribles convulsiones.

Esa mañana, cuando la muchacha hizo su aparición, la señora Freeman se estaba ocupando de Carramae.

—Devolvió cuatro veces después de la cena —dijo— y se levantó dos veces durante la noche después de las tres de la mañana. Ayer no hizo otra cosa que revisar el cajón de la cómoda. Eso es todo lo que hizo. De pie allí, delante de la cómoda, viendo lo que podía encontrar.

—Tiene que comer —musitó la señora Hopewell, sorbiendo su café, mientras observaba la espalda de Joy frente a la cocina.

Se preguntaba lo que la niña había dicho al vendedor de biblias. No se podía imaginar qué tipo de conversación podrían haber sostenido.

Él era un joven sin sombrero, alto y demacrado, que vino ayer a venderles una biblia. Había aparecido en la puerta, llevando una enorme maleta negra, que pesaba tanto que había tenido que apoyarse contra el dintel. Parecía estar al borde del colapso, pero dijo con voz alegre:

—¡Buenos días, señora Cedars!

Y había colocado la maleta sobre el felpudo. Era un joven bastante apuesto a pesar de que tenía puesto un traje azul brillante y unos calcetines amarillos que le quedaban cortos. Tenía un rostro huesudo y un mechón de pelo castaño y pegajoso caído sobre la frente.

—Soy la señora Hopewell —dijo ella.

—¡Oh! —dijo, simulando sorpresa y con los ojos brillantes—, vi que decía "The Cedars" en su buzón y por eso pensé que usted era la señora Cedars.

Y lanzó una carcajada agradable. Levantó el maletín y con un ataque de risa entró rápidamente en el recibidor. Parecía más bien como si la maleta se hubiese movido primero, arrastrándolo:

—¡Señora Hopewell! —dijo, y la cogió de la mano—. ¡Espero que se encuentre bien!

Y se rió de nuevo. Luego, de golpe, su rostro se volvió totalmente grave. Hizo una pausa, le echó una mirada directa y decidida y dijo:

—Señora, he venido a hablar de cosas serias.

—Pues bien, entre usted —murmuró ella, poco entusiasmada porque tenía la comida casi lista. Él entró en el recibidor, se sentó en el borde de una silla, colocó la maleta entre sus pies y observó la habitación como si con eso la estuviera midiendo a ella. La platería brillaba en los dos aparadores; ella pensó que él nunca había estado en una habitación tan elegante como ésta.

—Señora Hopewell —comenzó, usando su nombre de una manera que parecía casi íntima—, sé que usted cree en los servicios cristianos.

—Pues, sí —murmuró ella.

—Sé —dijo, e hizo una pausa, pareciendo muy sabio con su cabeza inclinada a un costado— que usted es una mujer buena. Me lo han dicho sus amigos.

A la señora Hopewell no le gustaba que la tomaran por una idiota.

—¿Qué vende usted? —preguntó.

—Biblias —dijo el joven y su ojo recorrió la habitación antes de agregar—, no veo ninguna biblia en su recibidor, ¡ya veo que eso es lo que le falta!

La señora Hopewell no podía decir: "Mi hija es una atea y no me permite tener una biblia en el recibidor". Dijo, poniéndose un poco dura:

—Tengo mi biblia al lado de la cama.

Esto no era verdad. Estaba en algún lugar, tal vez en el ático.

—Señora —dijo él—, la palabra de Dios debe estar en el recibidor.

—Bueno, pienso que es una cuestión de gustos —comenzó ella—. Pienso que...

—Señora —dijo él—, para un cristiano, la palabra de Dios debe estar en todas las habitaciones de la casa aparte de residir en su corazón. Sé que usted es cristiana porque lo puedo ver en cada línea de su cara.

Ella se puso de pie y dijo:

—Bueno, joven, no quiero comprar una biblia y huelo que mi comida se está quemando.

Él no se levantó. Empezó a retorcerse las manos y bajando la vista dijo en voz baja:

—Bueno, señora, le diré la verdad, hoy día no hay mucha gente que quiera comprar biblias y, además, sé que soy un simplón. No sé cómo decir algo, lo digo sencillamente. Soy sólo un muchacho del campo.

Levantó la vista hacia su rostro hostil.

—¡La gente como usted no quiere meterse con gente del campo como yo!

—¡Vaya! —gritó ella—, ¡la gente buena del campo es la sal de la tierra! Además, todos tenemos diferentes maneras de ser, todos somos necesarios para que el mundo camine. ¡Así es la vida!

—Usted dice mucho —dijo él.

—Pues, sí, pienso que no hay suficiente gente buena del campo en el mundo —dijo, agitada—. ¡Pienso que ése es el problema!

A él le había comenzado a resplandecer el rostro.

—No me he presentado —dijo—, soy Manley Pointer, de cerca de Willohobie, ni siquiera de un lugar, sólo de cerca de un lugar.

—Espere un momento —dijo ella—. Tengo que ir a ver la comida.

Fue a la cocina y encontró a Joy parada cerca de la puerta, desde donde había estado escuchando.

—Sácate de encima la sal de la tierra —dijo— y comamos.

La señora Hopewell la miró con pena y disminuyó el fuego de las verduras.

—*Yo* no puedo ser grosera con nadie —murmuró, y volvió a la sala.

Él había abierto la maleta y estaba sentado con sendas biblias en las rodillas.

—Será mejor que las ponga en su sitio —le dijo ella—, no las quiero.

—Aprecio su honestidad —dijo él—, uno ya no encuentra gente honesta, a menos que se vaya al campo.

—Ya lo sé —dijo ella—. ¡Gente del auténtico campo!

Por la rendija de la puerta oyó un quejido.

—Me imagino que muchos tíos vienen y le dicen que se están pagando los estudios —dijo—, pero yo no le diré eso. En verdad —continuó—, no quiero ir al colegio. Quiero dedicar mi vida al cristianismo. ¿Ve? —dijo bajando la voz—, tengo este problema del corazón. Puede ser que no viva mucho tiempo. Cuando uno sabe que tiene un problema de este tipo, bueno, entonces, señora...

Hizo una pausa, la boca abierta, y la miró fijamente.

¡Él y Joy tenían el mismo problema! La señora Hopewell se dio cuenta de que sus ojos se estaban llenando de lágrimas, pero hizo un esfuerzo, se repuso rápidamente y murmuró:

—¿No querría quedarse a comer? ¡Nos encantaría que aceptara! —y se arrepintió al instante de haberlo dicho.

—Sí, señora —dijo él con voz avergonzada—; por supuesto que me encantaría.

Joy lo había mirado una vez cuando la presentación y luego durante toda la comida no volvió a dirigirle la vista. Él le habló varias veces, pero ella simuló no escucharlo. La señora Hopewell no podía comprender esa descortesía deliberada, a pesar de que a su vez convivía con ella, y se dio cuenta de que siempre tendría que exagerar su hospitalidad para contrarrestar la falta de cortesía de Joy. Lo instó a que hablara de sí mismo y él lo hizo. Dijo que era el séptimo hijo de un total de doce y que su padre había sido aplastado por un árbol cuando él tenía ocho años. Lo recogieron casi partido en dos y quedó prácticamente irreconocible. Su madre se las había arreglado de la mejor forma posible, trabajando duro y preocupándose de que sus hijos fueran a la escuela dominical y leyeran la Biblia todas las tardes. Él tenía ahora diecinueve años y hacía cuatro meses que vendía biblias. En ese lapso, había hecho setenta y dos ventas y tenía la promesa de dos más. Quería ser misionero porque pensaba que ésa era la manera por la que podía hacer más por la gente.

—Aquel que pierda su vida, la encontrará —dijo simple y sinceramente; tan auténtico y dedicado que la señora Hopewell no se habría sonreído por nada en el mundo. Él evitó que sus guisantes resbalasen a la mesa bloqueándolos con un pedazo de pan, con el que luego limpió el plato. Ella podía ver que Joy observaba solapadamente cómo manejaba el tenedor y el cuchillo y también se dio cuenta de que en unos minutos más el muchacho lanzaría a la chica una entusiasta mirada apreciativa, como si intentase llamar su atención.

Después de comer, Joy levantó la mesa y desapareció, y la señora Hopewell se quedó sola a conversar con él. Él repitió la historia de su infancia, el accidente de su padre y varias otras cosas que le habían sucedido. Cada cinco minutos, más o menos, ella ahogaba un bostezo. Él se quedó sentado durante dos horas hasta que finalmente ella le dijo que debía retirarse porque tenía una cita en el pueblo. Él empaquetó sus biblias, le dio las gracias y se dispuso a partir, pero en la puerta se detuvo, le dio la mano y dijo que en ninguno de sus viajes había conocido una dama tan bondadosa como ella, y le preguntó si podía volver. Ella le dijo que siempre le alegraría verlo.

Joy había permanecido en el camino, mirando aparentemente algo en la distancia; cuando él bajó la escalinata y se dirigió hacia ella, doblado por la pesada maleta, se detuvo donde ella estaba y la miró de frente. La señora Hopewell no pudo escuchar lo que dijo pero tembló al pensar lo que Joy le podría replicar. Pudo ver que Joy, un momento después, le dijo algo y que el muchacho entonces empezó a hablar de nuevo, haciendo un gesto excitado con la mano libre. Luego, Joy dijo algo más y el muchacho empezó a hablar otra vez. Entonces, con sorpresa, la señora Hopewell vio que los dos caminaban juntos hasta el portón. Joy había caminado hasta el portón con él y la señora Hopewell no podía imaginarse lo que se habían dicho, y hasta ahora no se había animado a preguntarle.

La señora Freeman estaba tratando de atraer su atención. Se había trasladado de la nevera al calentador, de manera que la señora Hopewell tenía que darse la vuelta para que pareciera que la escuchaba.

—Glynese se fue de nuevo con Harvey Hill anoche —dijo—. Tenía ese orzuelo.

—Hill —dijo, ausente, la señora Hopewell—, ¿es ese que trabaja en el garaje?

—No, es el que va a la escuela de quiropráctica —dijo la señora Freeman—. Ella tenía ese orzuelo. Hacía dos días. Entonces me dijo que cuando las otras noches la trajo le había dicho: "Déjame que te saque ese orzuelo", y ella le dijo: "¿Cómo?", y él dijo: "Sólo échate en el asiento de atrás y te lo mostraré". Entonces ella lo hizo y él la golpeó en el cuello. Siguió dándole golpes varias veces hasta que ella dijo basta. Esta mañana no tenía ese orzuelo. No quedaron ni huellas del orzuelo.

—Nunca había oído hablar de eso —dijo la señora Hopewell.

—Le pidió que se casara con él ante el juez —continuó la señora Freeman—, y ella le dijo que no se iba a casar en ninguna *oficina*.

—Bueno, Glynese es una buena chica —dijo la señora Hopewell—. Glynese y Carramae, las dos son buenas chicas.

—Carramae dijo que cuando ella y Lyman se casaron, Lyman dijo que por supuesto ella era sagrada para él. Ella dijo que él dijo que no daría quinientos dólares para ser casado por el predicador.

—¿Cuánto daría? —preguntó la muchacha desde la cocina de gas.

—Dijo que no daría quinientos dólares —repitió la señora Freeman.

—Muy bien, todos tenemos algo que hacer —dijo la señora Hopewell.

—Lyman dijo que era sagrada para él —dijo la señora Freeman—. El doctor quiere que Carramae coma ciruelas pasas. Dice eso, en vez de medicinas. Dice que los calambres vienen por la presión. ¿Sabe dónde pienso que está eso?

—Estará mejor en unas pocas semanas —dijo la señora Hopewell.

—En el tubo —dijo la señora Freeman—. De otra manera, no estaría tan enferma.

Hulga había partido los dos huevos en un platillo y los traía a la mesa con una taza de café que había llenado demasiado. Tomó asiento con cuidado y empezó a comer, con la intención de entretener allí a la señora Freeman por medio de preguntas si por cualquier razón ésta mostraba intención de marcharse. Podía percibir el ojo de su madre sobre ella. La primera pregunta indirecta sería sobre el vendedor de biblias, y ella no quería que saliera a relucir.

—¿Cómo le golpeó el cuello? —preguntó.

La señora Freeman hizo una descripción de cómo él la había golpeado en el cuello. Dijo que era propietario de un Mercury 55, pero que Glynese había dicho que prefería casarse con un hombre que sólo tuviera un Plymouth 36, que deseaba casarse ante un predicador. La muchacha preguntó qué pasaría si él tenía un Plymouth 33 y la señora Freeman dijo que lo que Glynese había dicho era un Plymouth 36.

La señora Hopewell manifestó que no había muchas chicas con el sentido común de Glynese. Dijo que lo que más admiraba en esas chicas era el sentido común. Dijo que eso le recordaba que ayer habían tenido una buena visita, un joven que vendía biblias.

—Dios santo —dijo—, me aburrió a más no poder pero era tan sincero y tan auténtico que no pude ser descortés con él. Era de la buena gente del campo, usted sabe —dijo—, la sal de la vida.

—Lo vi llegar —dijo la señora Freeman—, y más tarde lo vi salir.

Hulga pudo percatarse del leve cambio en su voz, la leve insinuación de que no se había ido caminando solo. Su rostro permaneció inexpresivo pero el rubor coloreó su cuello y pareció tragárselo con la siguiente cucharada de huevo. La señora Freeman la estaba mirando como si compartiera un secreto con ella.

—Bueno, toda clase de gente es necesaria para que este mundo camine —dijo la señora Hopewell—. Está muy bien que no todos seamos iguales.

—Algunos son más iguales que otros —sentenció la señora Freeman.

Hulga se puso de pie y se dirigió, haciendo mucho más ruido que el necesario, hacia su cuarto, cerrando la puerta. Iba a encontrarse con el vendedor de biblias a las diez de la mañana en el portón. Había pensado en ello la mitad de la noche. Había empezado a imaginarlo como una gran broma y luego había atisbado sus profundas implicaciones. Tirada en la cama, había imaginado diálogos que eran delirantes en la superficie pero que, en el fondo, llegaban a profundidades de las que no sería consciente ningún vendedor de biblias. Ayer, la conversación que habían mantenido había sido de esta clase.

Él se había detenido frente a ella y simplemente había permanecido allí. Tenía la cara huesuda, sudorosa y brillante, con una pequeña nariz respingona en medio. Su aspecto era diferente del que había tenido durante la comida. La estaba mirando con abierta curiosidad, con fascinación, como un chico que mira un nuevo animal fantástico en el zoológico, y respiraba como si hubiera corrido una gran distancia para alcanzarla. Su mirada le resultó familiar pero no pudo recordar dónde la habían mirado de esa manera. Por un buen rato, él no dijo nada. Luego, en lo que pareció una aspiración de aire, susurró:

—¿Alguna vez has comido un pollo de dos días?

La muchacha lo miró atónita. Él podría haber estado presentando la pregunta para su consideración en la reunión de una asociación filosófica.

—Sí —replicó al rato la muchacha, como si lo hubiera considerado desde todos los ángulos posibles.

—¡Debe de haber sido enormemente pequeñín! —dijo él con aire de triunfo y se estremeció todo por cortas risitas nerviosas, poniéndose muy colorado. Se calmó sumergiéndose en una mirada de completa admiración, mientras que la expresión de la muchacha seguía siendo la misma.

—¿Cuántos años tienes? —preguntó él suavemente.

Ella esperó un poco antes de contestar. Luego, con voz fuera de tono, dijo:

–Diecisiete.

Las sonrisas de él llegaban una tras otra como olas rompiendo en la superficie de un pequeño lago:

–Veo que tienes una pierna de palo –dijo–. Creo que eres muy valiente. Creo que eres muy dulce.

La muchacha permaneció vacía, rígida y silenciosa.

–Camina hasta el portón conmigo –le dijo él–. Eres una cosita valiente y dulce y me gustaste en el momento en que te vi pasar la puerta.

Hulga comenzó a moverse lentamente hacia adelante.

–¿Cómo te llamas? –preguntó él, con su sonrisa por encima de la cabeza de ella.

–Hulga –dijo ella.

–Hulga –murmuró él–. Hulga, Hulga. Nunca supe de nadie que se llamara Hulga. Eres tímida, ¿no es así, Hulga? –preguntó.

Ella asintió con la cabeza, observando la gran mano enrojecida en la agarradera de la maleta gigante.

–Me gustan las chicas que usan gafas –dijo–. Pienso mucho. No soy como esa gente en cuyas cabezas jamás entra un pensamiento serio. Es porque tal vez puedo morir en cualquier momento.

–Yo también puedo morir –dijo ella de sopetón y lo miró. Ahora tenía los ojos muy pequeños y marrones, con un brillo afiebrado.

–Escucha –dijo él–, ¿no crees que están hechos para conocerse los que tienen todo en común? ¿Cuando los dos tienen pensamientos profundos y todo eso?

Cambió de mano la maleta y ahora la más próxima era su mano libre. La cogió del codo y se lo sacudió un poco:

—Los sábados no trabajo —dijo—. Me gusta caminar por el bosque y ver cómo está vestida la Madre Naturaleza. En las colinas y bien lejos. Picnics y esas cosas. ¿No podríamos ir de picnic mañana? Di que sí, Hulga —dijo y le echó una mirada agónica como si sintiera que se le estaban por caer las entrañas. Hasta parecía haberse acercado hacia ella.

Esa noche Hulga se había imaginado que lo seducía. Imaginó que los dos caminaban por el campo hasta que llegaban al granero más allá de los dos campos de atrás, y allí las cosas llegaban a tal punto que ella lo seducía con facilidad, y luego, por supuesto, tenía que vérselas con el remordimiento de él. Un genio verdadero podía llegar a hacerse entender hasta por un cerebro inferior. Imaginó que ella transformaba su remordimiento en una comprensión más profunda de la vida. Ella ponía de lado toda la vergüenza de él y la transformaba en algo útil.

Fue al portón a las diez en punto, escapándose sin atraer la atención de la señora Hopewell. No llevaba nada para comer, pues había olvidado que, por lo general, a un picnic se llevan alimentos. Vestía un par de pantalones y una camisa blanca, pero sucia; en el último momento, había rociado el cuello con un poco de Vapex, ya que no tenía ningún perfume. Cuando llegó al portón, nadie estaba allí.

Miró la carretera desierta en ambas direcciones y

experimentó la curiosa sensación de haber sido enga-
ñada, de que él sólo había pretendido con su propues-
ta hacerla caminar hasta el portón. Entonces, de improviso, él se puso de pie, muy alto, detrás de unas
malezas en el terraplén del otro lado del camino. Sonriente, se sacó el sombrero que era nuevo y de ala ancha. Ayer no lo tenía y ella se preguntó si no lo habría
comprado para la ocasión. Era de color tostado con
una cinta blanca y roja a su alrededor, un poco grande
para él. Salió de las malezas todavía llevando la maleta
negra. Tenía puesto el mismo traje y los mismos calcetines amarillos metidos dentro de los zapatos. Cruzó el
sendero y dijo:

—¡Sabía que vendrías!

La muchacha se preguntó agriamente cómo se había dado cuenta. Señaló la valija y dijo:

—¿Por qué has traído tus biblias?

La cogió del codo, sonriéndole desde su altura como si le fuera imposible dejar de hacerlo.

—Nunca puedes saber cuándo necesitarás de la palabra de Dios, Hulga —dijo.

Por un momento ella dudó de que esto estuviera
sucediendo realmente y entonces empezaron a subir el
terraplén. Luego bajaron hasta el campo abierto camino
del bosque. El muchacho caminaba ágilmente, saltando. La maleta no parecía ser hoy tan pesada, la movía fá-
cilmente entre las manos. Cruzaron la mitad del campo
sin decir palabra y entonces él le puso la mano sobre la
espalda y le preguntó:

—¿Dónde está la juntura de tu pierna de palo?

Ella se puso colorada y lo miró furiosa, y por un instante el muchacho pareció avergonzado.

–Lo dije sin ninguna mala intención –dijo–. Sólo quise decirte que eras tan valiente y todo eso. Me imagino que Dios cuida de ti.

–No –dijo ella, mirando hacia adelante y caminando rápido–, ni siquiera creo en Dios.

Ante esto, él se detuvo y silbó.

–¿No? –exclamó, como si estuviera demasiado sorprendido para agregar algo más.

Ella continuó caminando y en un segundo él estaba a su lado, abanicándose con el sombrero.

–Eso es muy poco común en una chica –dijo mirándola de reojo. Cuando llegaron al borde del bosque, le puso de nuevo la mano en la espalda y la apretó contra sí sin decir una palabra y la besó fuertemente.

El beso, más presión que sentimiento, produjo en la muchacha esa carga extra de adrenalina que permite a una persona sacar un pesado baúl de una casa en llamas, pero en ella, toda esa fuerza subió a la cabeza. Aun antes de que él la soltara, su mente, clara, indiferente e irónica, ya lo observaba desde una gran distancia con curiosidad, pero también con lástima. Nunca la habían besado antes y le alegró descubrir que no se trataba de una experiencia excepcional y que todo estaba sujeto al control de la mente. Alguna gente podría saborear el agua si le decían que era vodka. Cuando el muchacho, a la expectativa pero inseguro, la separó suavemente de él, ella dio media vuelta y siguió caminando, sin decir nada, como si ese asunto, para ella, fuese cosa de todos los días.

Él se mantuvo jadeante a su lado, tratando de ayudarla cuando veía una raíz en la que ella podía tropezar. Cogía los largos y oscilantes tallos espinosos y abría una brecha hasta que ella pasaba. Ella mostraba el camino y él iba atrás respirando agitado. Luego salieron a una ladera luminosa, que se ondulaba suavemente, hasta otra un poco más pequeña. Más allá, pudieron ver el techo herrumbrado del granero donde estaba depositado el heno de reserva.

La colina estaba punteada de pequeñas hierbas rojas.

—Entonces, ¿no estás salvada? —preguntó él de improviso y se detuvo.

La muchacha sonrió. Era la primera vez que le sonreía.

—En mi economía —dijo—, yo estoy salvada y tú estás condenado, pero ya te dije que no creía en Dios.

Nada parecía poder destruir la mirada admirativa del muchacho. Ahora la miró como si el animal fantástico del zoológico hubiera pasado su garra por las rejas y le hubiera dado una palmada amorosa. Ella pensó que parecía querer besarla de vuelta y siguió caminando antes de que él encontrara una oportunidad.

—¿No hay ningún sitio en donde nos podamos sentar? —murmuró él, bajando su voz al final de la oración.

—En ese granero —dijo ella.

Se apresuraron como si pudiera deslizarse y desaparecer como un tren. Era un granero grande, de dos pisos, frío y oscuro en el interior. El muchacho señaló la escalerilla que conducía al henal y dijo:

—Lástima que no podamos ir allí.

—¿Por qué no podemos? —preguntó ella.

—Tu pierna —dijo él, reverente.

La muchacha le lanzó una mirada despreciativa y agarrándose con las dos manos a la escalerilla, trepó por ella mientras él permanecía abajo, aparentemente pasmado. Ella pasó con habilidad por la abertura y luego lo miró desde arriba y dijo:

—Bueno, ven, si es que vas a venir.

Él comenzó a subir la escalerilla, llevando torpemente la valija.

—No necesitaremos la biblia —comentó ella.

—Nunca se sabe —dijo él, jadeante.

Una vez que estuvo en el henil, trató de recuperar el aliento por unos segundos. Ella se había sentado sobre un montón de paja. Una ancha envoltura de luz de sol, llena de partículas de polvo, se volcaba sobre ella. Se quedó tirada, apoyada contra un fardo, con la cara vuelta hacia la abertura del frente del granero, por donde debía arrojarse el heno desde un camión hasta el henil. Las dos laderas punteadas de rojo se alejaban hacia una oscura arboleda. El cielo estaba despejado y de un azul límpido. El muchacho se dejó caer a su lado, puso un brazo debajo de ella y el otro encima y comenzó a besarle metódicamente el rostro, haciendo ruiditos como un pez. No se quitó el sombrero, pero éste no interfería. Cuando le molestaron los anteojos de ella, se los desprendió y los deslizó en el bolsillo.

Al principio, la muchacha no le devolvió ningún beso, pero al rato empezó a hacerlo y después que lo besó varias veces en la mejilla, se acercó a sus labios y permaneció allí, besándolo una y otra vez como si tratara de dejarlo sin aliento. Su aliento era claro y dulce como el de un niño y también los besos eran pegajosos como los de un niño. Él murmuró que la amaba y que la primera vez que la vio supo que la amaba, pero el murmullo era como las quejas soñolientas de un niño al que su madre duerme. La mente de Joy, mientras tanto, nunca se detuvo ni se perdió por un segundo a causa de las sensaciones.

—No me has dicho que me amas —susurró él finalmente, separándose de ella—. Tienes que decirlo.

Ella apartó la mirada y la dirigió al cielo ahuecado y luego hacia abajo, al cerro oscuro, y después más allá, a lo que parecían dos lagos verdes e hinchados. No se había dado cuenta de que él le había sacado las gafas pero este paisaje no podía parecerle excepcional ya que raras veces prestaba alguna atención a su entorno.

—Tienes que decirlo —repitió él—, tienes que decir que me amas.

Ella siempre procuraba no comprometerse.

—En cierto sentido —comenzó a decir—, si utilizas esa palabra sin pretender exactitud, la puedes decir. Pero no es una palabra que yo use. No tengo ilusiones. Soy una de esas personas que miran a través de todo a la nada.

El muchacho frunció el ceño.

—Tienes que decirlo. Yo lo dije y tú debes decirlo también.

La muchacha lo miró casi con ternura.

–Pobrecillo –murmuró–. Da lo mismo que no entiendas.

Lo acercó, tomándolo por el cuello, el rostro inclinado hacia sí.

–Estamos todos condenados –dijo–, pero algunos nos hemos arrancado las vendas de los ojos y vemos que no hay nada para ver. Es una especie de salvación.

Los ojos atónitos del muchacho estaban sin expresión a través de los cabellos de ella.

–Muy bien –casi gimoteó–, pero ¿me amas o no me amas?

–Sí –dijo ella y agregó–: en un sentido. Pero debo decirte algo. No tiene que haber nada deshonesto entre nosotros.

Levantó su cabeza y lo miró a los ojos.

–Tengo treinta años –dijo–, tengo varios títulos.

El muchacho pareció irritado pero obstinado.

–No me importa –dijo–, no me importa nada todo lo que hayas hecho. Sólo quiero saber si me amas o no.

La acercó y la besó salvajemente hasta que ella dijo:

–Sí, sí.

–Muy bien, entonces –dijo él, dejándola–. Pruébalo.

Ella sonrió, mirando ensoñada el paisaje del cielo. Lo había seducido sin que ni siquiera se hubiera decidido a hacerlo.

–¿Cómo? –preguntó, sintiendo que debía retrasarlo un poco.

Él se inclinó y acercó los labios a su oído.

–Muéstrame la juntura de la pierna de palo –susurró.

La muchacha dio un pequeño grito y su rostro perdió instantáneamente todo color. La obscenidad de la sugerencia no era lo que la sorprendía. Cuando fue niña a veces había sido presa de sentimientos de vergüenza pero la educación había removido las últimas huellas de eso como lo hace un buen cirujano con un cáncer. No era mayor su sensibilidad a lo que él le pedía que su fe en sus biblias. Pero era tan sensible respecto a su pierna artificial como un pavo real respecto a su cola. Cuidaba de ella como otros cuidaban de sus almas, en privado y casi con los ojos vueltos hacia otro lado.

—No —dijo.

—Ya lo sabía —musitó él—. Sólo me tomas por un imbécil y juegas conmigo.

—¡Oh, no, no! —exclamó—. Llega a la rodilla. Sólo a la rodilla. ¿Por qué la quieres ver?

El muchacho la miró prolongada y penetrantemente.

—Porque —dijo— es lo que te hace diferente. Eres como ninguna otra.

Ella se quedó mirándolo. No había nada en su rostro o en sus redondos ojos azules y fríos que indicase que esto la había emocionado; pero ella sintió como si se le hubiera parado el corazón y dejó que su mente succionara la sangre. El muchacho, con un instinto que provenía más allá de la experiencia, había puesto el dedo en la llaga y en su verdad. Cuando después de un momento ella dijo en voz alta y ronca: "Muy bien", fue como rendirse a él completamente. Fue como perder su propia vida y encontrarla de nuevo, de manera milagrosa, en la de él.

Poco a poco, él empezó a subir el pantalón. La pierna artificial, con una media blanca y un zapato bajo marrón, terminaba en un material pesado como lona y en una juntura desagradable que estaba atada al muñón. La voz y el rostro del muchacho se volvieron totalmente reverentes cuando lo descubrió y dijo:

—Ahora muéstrame cómo sacarla y ponerla.

Ella se la sacó y se la puso nuevamente y luego él mismo la sacó, manejándola con tanta ternura como si fuera una pierna de verdad.

—¡Mira! —dijo con la expresión de deleite de un niño—. ¡Ahora lo puedo hacer yo mismo!

—Colócala de nuevo —dijo ella.

Pensaba que se escaparía con él y que esa misma noche él le sacaría la pierna y que todas las mañanas se la pondría nuevamente.

—Ponla de nuevo —dijo.

—Todavía no —murmuró él, deteniéndola a la altura del pie y lejos de su alcance—. Déjala un poco. Me tienes a mí a cambio.

Ella dio un corto grito de alarma pero él la empujó y comenzó a besarla una vez más. Sin la pierna, se sentía completamente dependiente de él. Parecía que su mente había dejado de funcionar y que se estaba ocupando de algo que no comprendía muy bien. Expresiones diferentes recorrieron su rostro. De tanto en tanto, el muchacho, sus ojos como dos pernos de acero, doblaba la cabeza hacia donde había quedado la pierna. Finalmente, ella se lo sacó de encima y dijo:

—Ahora colócala de nuevo.

–Espera –dijo él.

Se inclinó hacia el otro lado y empujó la maleta hacia sí y la abrió. Tenía un forro azul pálido y manchado y sólo contenía dos biblias. Sacó una y abrió la portada. Era hueca y allí había un frasco de whisky, un juego de naipes, y una pequeña caja azul con algo impreso. Él dispuso estas cosas frente a ella una por una en una hilera regular, como alguien que estuviera presentando ofrendas en el templo de una diosa. Le puso la caja en la mano. ESTE PRODUCTO ES PARA SER USADO SOLAMENTE COMO PRESERVATIVO DE ENFERMEDADES, leyó y la dejó caer. El muchacho estaba abriendo la botella. Dejó de hacerlo y señaló, con una sonrisa, los naipes. No eran naipes comunes sino que había una foto obscena en la parte de atrás de cada baraja.

–Echa un trago –dijo él.

Le ofreció la botella primero a ella. Se la puso delante, pero, como hipnotizada, ella no se movió.

En su voz, cuando habló, había un tono de ruego.

–¿No eres –murmuró–, no eres de la buena gente de campo?

El muchacho ladeó la cabeza. Parecía como si comenzara ahora a darse cuenta de que ella podría estar tratando de insultarlo.

–Sí –dijo, doblando un poco los labios–, pero eso no me ha dejado atrás. Valgo tanto como tú en cualquier momento.

–Dame mi pierna –dijo ella.

Él la empujó aún más lejos con el pie.

–Vamos, ahora empecemos a divertirnos –dijo de manera insinuante–. Todavía no nos conocemos bien.

–¡Dame mi pierna! –gritó y trató de abalanzarse sobre ella, pero él la empujó hacia atrás con facilidad.

–¿Qué te pasa ahora, de pronto? –preguntó él, ceñudo, mientras cerraba la botella y la ponía rápidamente dentro de la biblia–. Hace muy poco dijiste que no creías en nada. ¡Yo creí que eras toda una mujer!

El rostro de Joy estaba casi púrpura.

–¡Eres un cristiano! –susurró–. ¡Eres un buen cristiano! Eres como todos ellos, dices una cosa y haces otra. Eres un perfecto cristiano, eres un...

La boca del muchacho se transformó en un gesto de enojo.

–¡Espero que no pienses –dijo con un tono indignado y altivo– que yo creo en esa mierda! Puede ser que venda biblias pero sé cómo son las cosas, ¡y no nací ayer, y sé adónde voy!

–¡Dame mi pierna! –gritó ella.

Él pegó un salto tan rápido que apenas lo vio arrojar los naipes y la caja en la biblia y tirar la biblia en la valija. Lo vio coger la pierna y luego colocarla en diagonal y desamparada dentro de la valija con una biblia a cada lado. Él dio un golpe y cerró la tapa y cogió la maleta y la tiró abajo por el agujero y luego se metió él y empezó a bajar.

Cuando todo su cuerpo, salvo la cabeza, había pasado, se dio la vuelta y la observó con una mirada que ya no tenía ninguna admiración.

–He conseguido un montón de cosas interesantes –dijo–. Una vez conseguí un ojo de mujer de esta manera. Y no pienses que me vas a atrapar, porque en realidad no me llamo Pointer. Uso un nombre distinto en cada casa donde voy y nunca me quedo en un sitio por mucho tiempo. Y te diré algo más, Hulga —dijo, usando el nombre como si no le tuviera ninguna consideración—, no eres tan inteligente. ¡Desde el día en que nací no creo absolutamente en nada!

Luego desapareció el sombrero tostado por el agujero y la muchacha se quedó sentada en la paja bajo la luz polvorienta. Cuando giró el rostro agitado y miró por la abertura, vio su figura azul batallando con éxito sobre el lago salpicado de verde.

La señora Hopewell y la señora Freeman, que estaban en el campo de atrás, desenterrando cebollas, lo vieron emerger un poco más tarde del bosque y encaminarse por la pradera hacia la carretera.

—Pero si parece ese buen joven aburrido que trató de venderme una biblia ayer —dijo la señora Hopewell achicando los ojos—. Debe haber estado vendiéndolas a los negros allá atrás. Era tan simple —dijo—, pero creo que el mundo sería mucho mejor si todos nosotros fuéramos tan simples.

La mirada de la señora Freeman lo alcanzó justo antes de que desapareciese detrás de la colina. Luego, volvió su atención a un bulbo de cebolla de olor diabólico que estaba levantando del suelo.

—Algunos no pueden ser tan simples —dijo—. Yo sé que nunca podría.

Una mujer sin país

John Cheever

La vi aquella primavera en Campino, con el conde de Capra –el que lleva bigote–, entre la tercera carrera y la cuarta, bebiendo campari junto a las pistas del hipódromo, con las montañas a lo lejos y, más allá de las montañas, una masa de nubes que en América hubieran significado una tormenta para la hora de cenar capaz de derribar árboles, pero que allí terminaría por quedarse en nada. La volví a ver en el Tennerholf de Kitzbühel, donde un francés cantaba canciones de vaqueros ante un público que incluía a la reina de Holanda; pero nunca la vi en las montañas y no creo que esquiara; iba allí, lo mismo que tantos otros, para estar con la gente y participar en la animación. Más tarde la vi en el Lido, y de nuevo en Venecia algo después, una mañana en que yo iba en góndola a la estación y ella estaba sentada en la terraza de los Gritti, tomando café. La vi en la representación de la Pasión de Erl; no exactamente en la representación, sino en el mesón del pueblo, donde se suele comer aprovechando el intermedio; y la vi en la plaza de Siena con motivo del Palio, y aquel otoño en Treviso, cuando cogía el avión para Londres.

Exagero, pero todo esto podría ser verdad. Era una de esas personas que vagabundean incansablemente, y luego, noche tras noche, se van a la cama para soñar con bocadillos de bacon, lechuga y tomate. Aunque procedía de una pequeña ciudad industrial del Norte donde se fabricaban cucharas de palo, uno de esos lugares solitarios de donde surge, paradójicamente, la sociedad internacional, eso no tuvo nada que ver con su vida errante. Su padre era el gerente de la fábrica, que pertenecía a la familia Tonkin: grandes propietarios, dueños de regiones enteras, por lo que la tramitación de su divorcio fue seguida con gran interés por los periódicos sensacionalistas; el joven Marchand Tonkin pasó un mes allí para adquirir práctica en los negocios, y se enamoró de Anne. Ella era una chica normal, dulce y modesta, por naturaleza –cualidades que nunca perdió–, y se casaron al cabo de un año. Aunque eran inmensamente ricos, los Tonkin no amaban la ostentación, y la joven pareja vivió discretamente en un pequeño pueblo desde donde Marchand se trasladaba todos los días a Nueva York para trabajar en el despacho familiar. Tuvieron un hijo y vivieron una vida feliz y sin historia hasta una húmeda mañana del séptimo año de su matrimonio.

Marchand tenía una reunión en Nueva York y debía tomar el tren a primera hora de la mañana. Pensaba desayunar en la ciudad. Eran alrededor de las siete cuando se despidió de su mujer. Anne no se había vestido, y estaba echada en la cama cuando lo oyó pelearse con el motor del coche que solía usar para ir a la estación. Después oyó cómo se abría la puerta principal y la voz de su marido llamándola mientras subía las escaleras. El coche no se ponía en marcha, ¿le importaría llevarlo a la estación en el Buick? No le daba tiempo a vestirse, de manera que Anne se echó una chaqueta por encima de los hombros y lo llevó a la estación. De medio cuerpo para arriba estaba correctamente vestida, pero de la chaqueta para abajo el camisón seguía siendo transparente. Marchand le dio un beso de despedida y le recomendó que se vistiera en seguida; Anne abandonó la estación, pero en el cruce de Alewives Lane y Hill Street se quedó sin gasolina.

Como se hallaba delante de la casa de los Bearden, pensó que podrían darle un poco de gasolina, o, al menos, prestarle un abrigo. Tocó el claxon una y otra vez hasta darse cuenta de que los Bearden estaban de vacaciones en Nassau. Todo lo que podía hacer era esperar en el coche, prácticamente desnuda, a que alguna compasiva ama de casa pasara por allí y se ofreciera a ayudarla. Mary Pym fue la primera, y aunque Anne la saludó con la mano, pareció no darse cuenta. Después paso Julia Weed, que llevaba a Francis al tren a toda velocidad, pero que iba demasiado de prisa para fijarse en nada. A continuación cruzó por allí Jask Burden, el libertino del pueblo, y sin que nadie lo llamara, pareció sentirse magnéticamente atraído hacia el automóvil. Se detuvo y preguntó si podía ayudar en algo. Anne se trasladó a su coche –¿qué otra cosa podía haber hecho?–; pensaba en lady Godiva y en santa Águeda. Lo peor de todo fue que no acababa de despertarse: de cruzar la distancia entre las sombras del sueño y la luz del día. Y era un día sin luz, sombrío y opresivo, como el ambiente de una pesadilla. El sendero hasta su casa quedaba oculto desde la

carretera gracias a unos cuantos arbustos, y cuando Anne se apeó del coche y le dio las gracias a Jack Burden, él
la siguió escalones arriba y se aprovechó de ella en el vestíbulo, donde fueron descubiertos por Marchand cuando volvió en busca de su cartera.

Marchand abandonó la casa en aquel mismo momento, y Anne nunca volvió a verlo. Murió de un ataque
cardíaco diez días después en un hotel de Nueva York.
Sus padres políticos fueron a los tribunales para solicitar
la custodia del niño, y durante el juicio, Anne —en su
inocencia— cometió la equivocación de echarle la culpa
de su extravío a la humedad. Las revistas sensacionalistas
lo sacaron a relucir —NO FUI YO; FUE LA HUMEDAD—, y
aquello se extendió por todo el país. Sacaron una canción que se hizo muy popular, y, dondequiera que iba,
parecía que Anne estaba condenada a escucharla:

> *La pobrecita Isabel*
> *nunca besaba a un doncel*
> *si faltaba la humedad,*
> *pero si estaba nublado,*
> *no se podía contener,*
> *convertida en un tornado...*

A mitad de juicio, Anne retiró sus demandas, se
puso unas gafas de sol, y se embarcó de incógnito para
Génova, catalogada como persona indeseable por una
sociedad que sólo parecía capaz de suavizar su puritanis-
mo con un procaz sentido del humor.

No le faltaba dinero, claro está —sus sufrimientos

eran sólo espirituales–, pero la habían herido, y sus recuerdos eran amargos. Por lo que sabía de la vida, Anne tenía derecho al perdón, pero no se lo habían concedido, y su propio país, al recordarlo desde el otro lado del Atlántico, parecía haber dictado contra ella una sentencia salvaje y poco realista. Se la había utilizado como cabeza de turco; se la había puesto en ridículo; y precisamente porque su pureza de corazón era auténtica, estaba profundamente ofendida. Basaba su expatriación en razones morales más que culturales. Interpretando el papel de europea quería expresar su desaprobación por lo que había pasado en su país. Vagabundeó por toda Europa, pero finalmente compró una villa en Tavola-Calda y pasaba allí por lo menos la mitad del año. Aprendió italiano, así como todos los sonidos guturales y gestos de manos que acompañan al idioma. En el sillón del dentista decía ¡ay! en lugar de ¡auch! y podía espantar a un abejorro de su vaso de vino con gran elegancia. Se sentía muy dueña de su expatriación –su territorio personal, conseguido con grandes sufrimientos–, y le irritaba oír a otros extranjeros hablando italiano. Su villa era encantadora; los ruiseñores cantaban en los robles, las fuentes susurraban en el jardín y ella, desde la terraza más alta, con el cabello teñido del peculiar tono bronceado que estaba de moda en Roma aquel año, saludaba a sus huéspedes: *"Ben tornati. Quanto piacere!"*; pero la escena no era nunca del todo perfecta. Parecía una reproducción, con las leves imperfecciones que se encuentran en las ampliaciones: una disminución de calidad. El resultado no era tanto que estuviera de verdad en Italia como que se había marchado completamente de los Estados Unidos.

Anne pasaba gran parte del tiempo con gente que, como ella, aseguraban ser víctimas de una atmósfera moral represiva y raquítica. Sus corazones estaban en los muelles de los puertos, siempre escapándose de casa. Anne había pegado su continua movilidad con cierta dosis de soledad. El grupo de amigos que esperaba encontrar en Wiesbaden desapareció sin dejar ninguna dirección. Los buscó en Heidelberg y en Munich, pero no consiguió encontrarlos. Las invitaciones de boda y los partes meteorológicos ("La nieve cubre el noreste de los Estados Unidos") le producían una terrible nostalgia. Siguió perfeccionando su interpretación del papel de europea, y, aunque sus logros eran admirables, no dejaba de tener una especie de alergia a las críticas, y detestaba que la confundiesen con una turista. Un día, al final de la temporada en Venecia, tomó el tren en dirección al sur, y llegó a Roma en una calurosa tarde de septiembre. La mayor parte de los habitantes de la Ciudad Eterna estaban durmiendo, y el único signo de vida eran los autobuses de los turistas rechinando cansadamente por las calles, como si fueran una pieza básica en el funcionamiento de la ciudad, igual que el alcantarillado o la conducción de la luz. Le dio el talón del equipaje a un mozo y le describió sus maletas en excelente italiano, pero él no se dejó engañar y murmuró algo acerca de los americanos. ¡Eran *tantos*! Esto irritó a Anne, que replicó con aspereza:

—Yo no soy americana.

—Disculpe, *signora* —dijo el otro—. ¿De qué país es usted, entonces?

—Soy *griega* —respondió.

La enormidad, la tragedia de su mentira fue un terrible golpe para ella. "¿Qué he hecho?", se preguntó a sí misma con incredulidad. Su pasaporte era tan verde como la hierba, y viajaba bajo la protección del Gran Sello de los Estados Unidos. ¿Qué la había impulsado a mentir sobre una faceta tan importante de su identidad?

Tomó un taxi para ir a un hotel de Via Veneto, mandó subir las maletas a la habitación, y se dirigió al bar para beber algo. No había más que un americano: un hombre de cabellos blancos con un audífono. Estaba solo y parecía sentirse solo; finalmente se volvió hacia la mesa donde se encontraba Anne y le preguntó muy cortésmente si era americana.

—Sí.

—¿Cómo es que habla italiano?

—Vivo aquí.

—Me llamo Stebbins —dijo él—. Charlie Stebbins, de Filadelfia.

—Encantada —dijo ella—. ¿De qué parte de Filadelfia?

—Bueno, nací en Filadelfia —dijo él—, pero no he vuelto allí desde hace cuarenta años. Mi verdadero hogar es Shoshone, de California. Le llaman la puerta del Valle de la Muerte. Mi mujer era de Londres. Londres en el Estado de Arkansas. Ja, ja. Mi hija se educó en seis Estados de la Unión. California, Washington, Nevada, Dakota del Sur y del Norte y Louisiana. Mi mujer murió el año pasado, y decidí que tenía que ver un poco de mundo.

Las barras y las estrellas parecían materializarse en el aire por encima de la cabeza de míster Stebbins, y Anne se dio cuenta de que en América las hojas estaban cambiando de color.

–¿Qué ciudades ha visitado? –le preguntó.

–¿Sabe? Es un poco cómico, pero no lo sé demasiado bien. Una agencia de California planeó el viaje y me dijeron que iba a hacerlo con un grupo de americanos, pero tan pronto como llegué a alta mar descubrí que viajaba solo. No lo volveré a hacer nunca. En ocasiones me paso días enteros sin oír hablar a nadie en un americano decente. Fíjese que algunas veces me siento en la habitación y hablo conmigo mismo por el placer de escuchar americano. No sé si me creerá, pero tomé un autobús de Frankfurt a Munich, y no había nadie allí que supiera una palabra de inglés. Después tomé otro autobús de Munich a Insbruck, y tampoco había nadie que hablara inglés. Luego otro de Insbruck a Venecia y tres cuartos de lo mismo, hasta que se subieron unos americanos en Cortina. Pero de los hoteles no tengo ninguna queja. Normalmente hablan inglés en los hoteles, y he estado en algunos francamente buenos.

A Anne le pareció que aquel desconocido, sentado en un taburete de un sótano romano, había conseguido redimir a su país. Un halo de timidez y de hombría de bien parecía rodearlo. En la radio, la emisora de las Fuerzas Armadas de Verona lanzaba a las ondas los compases de *Polvo de estrellas*.

–Eso es *Polvo de estrellas* –dijo el americano–. Aunque supongo que ya habrá reconocido la canción. La escribió un amigo mío, Hoagy Carmichael. Sólo con esa pieza gana todos los años seis o siete mil dólares de derechos de autor. Es un buen amigo mío. No lo he visto nunca, pero nos escribimos. Quizá le parezca extraño tener un amigo al que no se ha visto nunca, pero Hoagy es realmente amigo mío.

A Anne le pareció que sus palabras eran mucho más melodiosas y expresivas que la música. El orden de las frases, su aparente falta de sentido, el ritmo con que habían sido pronunciadas le parecieron como la música de su propio país y se vio andando, todavía muchacha, junto a los montones de serrín de la fábrica de cucharas, camino de la casa de su mejor amiga. A veces, por las tardes, tenía que esperar en el paso a nivel, porque iba a cruzar por allí un tren de mercancías. Primero se oía un sonido a lo lejos, como de un huracán, y después un trueno metálico, el ruido de las ruedas. El tren de mercancías cruzaba a toda velocidad, como un rayo. Pero leer los carteles de los vagones solía emocionarla; no es que le hicieran imaginarse maravillosas posibilidades al final del trayecto: tan sólo la grandeza de su propio país, como si los Estados de la Unión –Estados trigueros, Estados petrolíferos, Estados ricos en carbón, Estados marítimos– se deslizaran por la vía muy cerca de donde ella se había parado, y desde donde leía Southern Pacific, Baltimore & Ohio, Nickel Plate, New York Central, Great Western, Rock Island, Santa Fe, Lackawanna, Pennsylvania, para ir después perdiéndose paulatinamente a lo lejos.

—No llore, mujer –dijo míster Stebbins–. No llore.

Había llegado el momento de volver a casa, y Anne cogió un avión para París aquella misma noche; al día siguiente tomó otro con destino a Idlewild. Temblaba de nerviosismo mucho antes de que vieran tierra. Volvía a casa, volvía a casa. El corazón se le subió a la garganta. ¡Qué oscura y qué reconfortante parecía el agua del Atlántico después de aquellos años en el extranjero! A la luz del amanecer destilaron bajo el ala derecha del avión las islas con nombres indios, e incluso llegaron a entusiasmarla las casas de Long Island, colocadas como los hierros de una parrilla. Dieron una vuelta sobre el aeropuerto y aterrizaron. Anne tenía pensado buscar una cafetería allí mismo, y pedir un *sandwich* de bacon, lechuga y tomate. Agarró con fuerza su paraguas (parisino), y su bolso (sienés), y esperó su turno para abandonar el avión, pero cuando estaba bajando la escalerilla, antes incluso de tocar con los zapatos (romanos) su tierra nativa, oyó cantar a un mecánico que trabajaba en un DC-7 muy cerca de allí:

> *La pobrecita Isabel*
> *nunca besaba a un doncel...*

No llegó a salir del aeropuerto. Tomó el siguiente avión para Orly y se reunió con los cientos, con los miles de americanos que circulaban por Europa, alegres o tristes, como si realmente fueran gentes sin un país. Se los ve doblar una esquina en Insbruck, en grupos de treinta, y esfumarse. Llenan un puente de Venecia, e inmediatamente ya se han ido. Se los oye pidiendo *ket-chup* en un refugio del Macizo Central por encima de las nubes, y se los ve curioseando entre las cuevas submarinas, con sus gafas y sus aparatos para respirar, en las aguas transparentes de Porto San Stefano. Anne pasó el otoño en París. También estuvo en Kitzbühel. Se trasladó a Roma para los concursos de equitación, y fue a Siena para ver el Palio. Seguía viajando sin descanso, soñando siempre con *sandwichs* de bacon, lechuga y tomate.

Tejamos, tejamos, mano enloquecida

Nuria Barrios

Dolores soltó la aguja y se llevó la mano a la cicatriz que tenía en la frente. Esa noche helaría. Un granizo afilado como un pico le había grabado aquella puntada carnosa cuando era una niña. Siempre que la temperatura bajaba, le dolía y el dolor teñía de rojo la vieja herida y anunciaba la vuelta del agresor. Tomó de nuevo la aguja. Ella, al igual que sus vecinos, vivía de esa maldición. La gente acudía desde muy lejos para comprar las mantas de lana que tejían en aquel pueblo asolado por furiosas tormentas de hielo.

Entre las paredes encaladas del antiguo establo, el telar parecía un animal totémico. La mujer no recordaba cuándo había aparecido en la casa. El armazón de combados maderos de haya sin desbastar y atados por largas tiras de hilo siempre había estado allí. Como su madre. En su memoria ambos formaban un solo cuerpo, un organismo primitivo y tenaz que sobrevivía a todas las ausencias.

El padre había fallecido cuando ella tenía dos años. Dolores se casó muy joven, pero a los cinco meses de la boda la guerra se llevó al marido. El frío volvió a apoderarse de su cama, a endurecer las sábanas. Del calor febril de sus noches con el hombre guardó, flotando en el vientre, una pequeña brasa. Regresó embarazada a casa de la madre y, como antes había hecho aquélla, con el telar fue enterrando a su amante.

Lo primero que olvidó fue la voz, ahogada por los golpes de los pedales. Los tintes acres fueron apagando su olor. El tacto áspero de la lana lijó la huella erizada de su piel. El recuerdo se fue haciendo más y más delgado hasta quedar disecado en dos marcos: el retrato del marido, que la madre había colgado junto al del padre en el comedor, y la fotografía de la boda.

Bajo el luto, Dolores tejía el cuerpo de su hija. La vida y la muerte eran la urdimbre y la trama que la mujer unía. Salió del establo para dar a luz. Al expulsar la tibia placenta, se apagaron los últimos rescoldos que la calentaban y donde hubo una hoguera quedaron únicamente oscuridad y cenizas. No volvió a saber de otras quemaduras que las del hielo.

Fuera de la casa, los campos agonizaban bajo el granizo. Dentro, la hija crecía entre los ovillos de colores que devanaban la madre y la abuela. La lanzadera volaba de una a otra sin descanso. Vestidas de negro, parecían dos afanosas arañas ocupadas en agrandar y reparar una red interminable. Pero esa impresión sólo duraba las primeras horas del día. Cuando salían del taller sus ropas estaban cubiertas de carnavalescas pelusas.

En aquella madriguera de lana, Dolores veía cómo el cuerpo de la cría se estiraba como un hilo, mientras que el de la abuela se encogía como un nudo. Un día, cuando limpiaba el comedor, sorprendió el reflejo de su rostro arrugado en el cristal que protegía el retrato del marido. Incómoda, retrocedió unos pasos y observó al hombre y, junto a él, la cara desconocida de su padre. La muerte había hermanado al suegro y al yerno, dejándola a ella fuera, expuesta al tiempo. En unos años serían sus hijos, más tarde sus nietos. Fue al dormitorio y tomó la fotografía de su boda. No recordaba a esa novia sonriente vestida de blanco. Era una desconocida, como el joven que le rodeaba los hombros con el brazo. Abrió el cajón de la cómoda y escondió a aquellos extraños.

—¿Tú sabes quiénes eran las Parcas? —le preguntó la hija con desconfianza un día al volver del colegio. Tenía 15 años.

—No son de aquí, seguro —contestó la abuela, sin levantar las manos del telar.

—Eran tres mujeres que tejían la vida de los hombres. Ellas los creaban y cuando decidían que uno de ellos debía morir, cortaban el hilo... Lo mataban.

—Ah, ¿sí?... —dijo Dolores distraída—. Ve ahora a merendar.

La chica no se movió del sitio:

—La Susi dice que ningún chico querrá ser mi novio... —enrojeció antes de continuar— Dice que ningún chico querrá ser mi novio porque tendría la vida pendiente de un hilo... como...

—Pero ¿qué tonterías son ésas? —interrumpió Dolores—. ¡Vete a merendar ahora mismo!

—...¡como papá y el abuelo! —gritó la hija mientras escapaba corriendo.

—Las Parcas, las Parcas... —rezongó la abuela. Luego, apuntando a la madre con la lanzadera, sentenció—:

Eso te pasa por seguir llevándola a la escuela. ¡Con la edad que tiene, yo ya ganaba un jornal!

La nieta trabajaba ahora de enfermera en la ciudad. En su cama no había mantas de lana, sino un voluminoso edredón de plumas. Mientras, la madre y la abuela, que ya tenía 96 años, continuaban entramando hilos en el pueblo. Sin ella.

La noche cerraba el ventanuco del establo cuando la abuela se levantó del banco. Parecía una sombra con sus ropas negras.

—Hoy me acostaré temprano, Dolores. Estoy muy cansada.

—No se puede ir a la cama sin cenar algo. Voy a calentarle un plato de sopa.

Tras ayudarla a desvestirse, Dolores volvió al trabajo. Acarició el dibujo rojo, castaño y naranja de la manta. Calculaba que en cuatro o cinco horas podría acabarla. Tejía como parpadeaba o andaba. De hecho, desde hacía tiempo tejía con más gracia que andaba. A lo largo de los años, el telar había moldeado su cuerpo y sus movimientos: la danza de sus brazos y el breve baile de sus pies, el ritmo de su respiración, el balanceo de su pecho... Pero esa noche estaba inquieta. Había notado una fragilidad nueva en su madre al acostarla. Abandonó la lanzadera y se dirigió al teléfono.

La anciana parpadeó molesta cuando Dolores encendió la lampara de la mesilla. Estaba tan consumida que su cuerpo apenas sobresalía bajo la tupida manta.

—Madre, está aquí don Alejandro. Lo he llamado yo.

–¡Pero, Dolores! –protestó ella. Ignorando a la hija, se dirigió a su acompañante–: Doctor, ¡hacerlo venir a estas horas!

–No se preocupe, no es molestia, vivo muy cerca. ¿Cómo se encuentra? –El hombre sacó de su maletín el estetoscopio.

–Con mucha fatiga, pero a mi edad todo son goteras.

–¿Podría quitarse la toquilla, por favor?

A regañadientes, la vieja permitió que la auscultara.

–La mejor medicina para la fatiga es la cama. La dejo, pero si se encuentra mal me avisan enseguida. ¿De acuerdo?

Ella aferró el embozo y lo estiró hasta su barbilla antes de responder.

–Digo yo que un joven tan guapo como usted tendrá mejores cosas que hacer por las noches.

Ya en la puerta de la calle, el médico se dirigió a Dolores con voz queda:

–Su corazón está muy débil. No podemos hacer nada salvo esperar. –De su boca salían pequeñas nubes mientras hablaba. La mujer se llevó una mano a la frente, intentando frenar el dolor de la cicatriz con los dedos.– Tengo varias visitas pendientes. Cuando termine pasaré de nuevo. –Mirándola a los ojos, añadió:– No se angustie, ella no sufre.

La anciana aguardaba a Dolores con una sonrisa. Su boca era una breve línea que partían rayas largas como hilvanes.

–Ese hombre haría buena pareja con la nieta.

—¡Qué cosas tiene usted, madre! Si apenas lo conoce: lleva sólo unos meses en el pueblo.

—¡Qué cosas tengo! ¡Qué cosas tengo! —exclamó con irritación—. Ella es enfermera, él es médico y los dos están solteros. Si se casaran, la niña trabajaría aquí con él y, además, tú no estarías tan sola.

La cicatriz, brillante como una quemadura, acentuaba la palidez de Dolores.

—¿Tiene frío, madre? Va a helar esta noche.

—Estoy bien, pero tú vas a caer enferma si no descansas. ¿Por qué no te acuestas?

—Quiero rematar la manta; está casi lista. ¿Le traigo un vaso de leche caliente con miel?

—No tengo apetito, hija. Acércame el rosario y deja encendida la lámpara.

Dolores arropó a la madre, entornó la puerta y fue al comedor. Debajo de los retratos, sobre una mesita, estaba el teléfono. La mujer marcó el número de su hija y recordó el día que la sorprendió, con cuatro años, hablando con el padre y el abuelo. La niña hilvanaba las frases con su media lengua hasta que, al ver que los hombres no le respondían, rompió a llorar desconsolada.

Tampoco la hija contestaba. La mujer sintió un nudo en la garganta. Quizá no estuviera en casa. La hija que había escapado de esa áspera red de granizo y lana. Que escondía el edredón en el armario y colocaba las mantas en la cama cuando ella iba a visitarla. Que le reprochaba que siguiera vistiendo de negro y aseguraba que ese luto perpetuo era de mal agüero. La hija que no podía comprender o no quería, aunque mejor así. Dolores no iría a vivir con ella. Permanecería en el pueblo, tejiendo como había hecho su madre, hasta desprenderse del telar como una rama vieja y quebradiza. Lejos de aquella destartalada máquina ella se sentiría aún más sola. Más huérfana. La voz de la joven la sobresaltó. Le hizo prometer que conduciría con cuidado y, tras colgar, llamó al cura.

Incapaz de soportar la espera, se encaminó al establo y encendió la bombilla desnuda. El traqueteo de las maderas resonaba en el espacio, pero Dolores ya no escuchaba; sólo percibía el ritmo al que obedecían sus piernas y brazos con la precisión de un autómata que tocara un órgano estrafalario. No sabía hacer otra cosa. Eran las once cuando llegó don Nicolás. Bajo la blanca luz de la entrada la sotana parecía más raída y el alzacuellos tenía el mismo color amarillento que las mejillas flácidas del sacerdote. La mujer le besó la mano y bisbiseando lo ocurrido lo guió hasta el dormitorio de la anciana.

—¡Padre! —exclamó ella sorprendida, intentando incorporarse.

Dolores se apresuró a colocar en su espalda un par de almohadones.

—Espero no molestarla —saludó el sacerdote—, pero vengo de casa de Roque, el pastor, y, al ver luz en sus ventanas, me he acercado.

—Mi hija trabaja demasiado, pero por más que le digo no me hace caso. ¿Sigue enfermo Roque?

—Ha sufrido una recaída. Ya sabe que...

Dolores lo interrumpió con brusquedad:

—Madre, se le ha caído el rosario. —Se inclinó a recogerlo y se lo tendió a la anciana. En la penumbra de la estancia, las cuentas parecían las lentejas que había puesto en remojo aquella tarde.

—Vamos a rezar juntos —conminó don Nicolás.

Iban por las letanías cuando Dolores escuchó el motor de un coche que aparcaba. Sin decir nada abandonó la habitación y se encaminó a la entrada. Un aire glacial irrumpió en la casa junto a su hija. Se abrazaron y así, enlazadas, las sorprendió el sacerdote.

—Tendrá una muerte muy dulce —les aseguró don Nicolás. Luego, dirigiéndose a Dolores, añadió—: Hija, no quieres que ella lo sepa, ¿verdad?

La mujer negó con la cabeza.

—Voy a la parroquia por lo necesario para darle la extremaunción. —El cura venteó la oscuridad como un perro viejo. —Huele a granizo —y, sin más despedida, marchó.

—¿Se puede?

La anciana abrió los ojos sobresaltada y vio la cara de la nieta asomada a la puerta entreabierta.

—¿Qué haces tú aquí a estas horas?

—Mañana es mi día libre y decidí darles una sorpresa.

La joven le cogió con delicadeza una mano. Las venas sobresalían de la piel transparente como cordoncillos violetas. La habitación olía a lana y al agua del Carmen que la abuela consideraba milagrera y utilizaba para santiguarse y hasta bebía a pequeños sorbos para curarse.

—¿Cómo se encuentra? —las venas cedían bajo sus dedos igual que aire. Mientras la acariciaba, le tomó el pulso con disimulo.

—¿Cómo voy a estar si no me dejáis dormir? —Mirando a la nieta, exclamó con ironía—: ¡Niña, me parece que tú no estás mucho mejor! ¡No tienes más que huesos! Así, nunca te vas a echar novio. A los hombres les gusta tener dónde agarrar y tú estás hecha un escuerzo. Si vivieras aquí ya nos ocuparíamos de que comieras bien... ¿Te ha hablado tu madre del médico nuevo? Es muy buen mozo.

La joven sonrió y, con el pecho oprimido, le besó las manos. Sobre la manta verde, la toquilla celeste parecía un trocito de cielo prendido en un prado. La anciana cerró los ojos. Sin apenas mover los labios, musitó:

—Vete ahora a la cama, que es muy tarde.

En el telar, los vivos trazos rojos de la manta dibujaban un rombo sobre un fondo que tenía el color de los campos quemados por el hielo. La hija contempló a su madre mientras trabajaba. Así la recordaba siempre: dejándose la vida en el telar, y junto a ella la abuela. Suspiró. La mujer levantó la cabeza. Tenía los ojos opacos, como si se le hubieran pegado las pelusas de la lana.

—Mamá, tienes que cuidar esas cataratas —le reprochó con cariño.

Sonaron unos golpes en la puerta de la casa y ambas se precipitaron a abrir. Era el médico. Los perros y el viento aullaban en la calle.

—Pase, don Alejandro —le invitó Dolores y, al sorprender su mirada, añadió–: Ésta es mi hija. Es enfermera.

La anciana tenía la boca abierta y su brazo caía fuera de la cama, apuntando al rosario que estaba de nuevo en el suelo. Dolores, alarmada, le acarició la mejilla.

–Madre. ¡Madre!

–¿Qué? –su voz parecía venir de muy lejos–. ¿Qué ocurre ahora?

–Don Alejandro tenía una urgencia aquí al lado y ha sido tan amable de acercarse a ver cómo seguía usted.

–Mire, doctor, aunque estoy muy vieja, dos visitas en una misma noche van a dar que hablar.

La hija esperaba sentada junto a la entrada. Cuando los vio salir de la estancia se levantó y tendió al hombre el abrigo y la bufanda. Las manos de Dolores enrollaban y desenrollaban nerviosas un hilo que colgaba del delantal.

–Se está apagando lentamente –musitó él compasivo–. Lo siento mucho: no creo que pase de esta noche.

En la calle se cruzó con el sacerdote. El aire olía a madera quemada. Ambos se saludaron con una inclinación de cabeza y siguieron su camino. Sus pisadas crujían sobre la acera helada.

–¿Usted otra vez, don Nicolás? –preguntó la anciana.

–Vengo de dar la extremaunción a Roque. Como la luz de su casa seguía encendida y llevo el viático, he pensado que quizá quisiera usted comulgar.

–Es usted un santo. ¡Acordarse de mí a estas horas y con la que está cayendo!

–Vamos a confesar primero. Dolores, por favor, déjanos solos.

La mujer se alejó con pasos rígidos hacia el telar. La cicatriz le dolía como una hebra que un huso torciera y retorciera sin descanso. Sus pies empezaron a golpear los pedales mientras las manos bailaban incansables sobre la manta. Su cuerpo se balanceaba de derecha a izquierda para recoger y arrojar la lanzadera hasta que su hija ocupó, sin decir nada, el lugar de la abuela. En la cabeza de la joven resonaba la melodía que le cantaban de niña: "Tejamos, tejamos la red de la vida. Tejamos, tejamos, mano enloquecida". Se dejó mecer por las palabras mientras hacía suyo el lenguaje corporal de aquel ritual que había contemplado desde su nacimiento. Trabajaban absortas cuando el cura entró en el establo. Los pelos ralos de la barba apuntaban con desgana al vacío.

–Dolores, te llama.

La anciana la contempló con ternura mientras se acercaba.

–¡Ay, mi Dolores! ¿Todavía en el telar?

–¿Cómo se siente, madre?

–Siempre has sido muy buena y muy trabajadora. Deberías vender ese viejo armatoste y comprar uno moderno. Son más rápidos y yo ya no te soy de ayuda.

–Madre, deje eso. ¿Cómo está?

–La tela –contestó la vieja señalando su cuerpo– está muy usada. El día menos pensado se va a romper la trama. ¿Se fue don Nicolás?

Dolores asintió.

–No permitas entrar a nadie más: voy a dormir.

–¿Le importa que me quede con usted un rato?

–No, hija.

El sonido del telar se mezclaba con la respiración trabajosa de la anciana. A veces la ahogaba y Dolores se sobresaltaba, pero el cansancio venció su vigilancia. Cuando despertó, la cicatriz no le dolía. La hermosa luz del amanecer penetraba en el dormitorio. Oyó entonces el silencio y se aproximó a la cama. Fuera de la casa, la escarcha cristalizaba los campos. Dolores acarició la cara sin vida de su madre. Encorvada, salió a buscar a la hija. En el banco del telar, la joven cortaba los hilos de la manta antes de rematarla.

El ilustre amor

Manuel Mujica Lainez

En el aire fino, mañanero, de abril, avanza oscilando por la Plaza Mayor la pompa fúnebre del quinto Virrey del Río de la Plata. Magdalena la espía hace rato por el entreabierto postigo, aferrándose a la reja de su ventana. Traen al muerto desde la que fue su residencia del Fuerte, para exponerlo durante los oficios de la Catedral y del convento de las monjas capuchinas. Dicen que viene muy bien embalsamado, con el hábito de Santiago por mortaja, al cinto el espadín. También dicen que se le ha puesto la cara negra.

A Magdalena le late el corazón locamente. De vez en vez se lleva el pañuelo a los labios. Otras, no pudiendo dominarse, abandona su acecho y camina sin razón por el aposento enorme, oscuro. El vestido enlutado y la mantilla de duelo disimulan su figura otoñal de mujer que nunca ha sido hermosa. Pero pronto regresa a la ventana y empuja suavemente el tablero. Poco falta ya. Dentro de unos minutos el séquito pasará frente a su casa.

Magdalena se retuerce las manos. ¿Se animará, se animará a salir?

Ya se oyen los latines con claridad. Encabeza la marcha el deán, entre los curas catedralicios y los diáconos cuyo andar se acompasa con el lujo de las dalmáticas. Sigue el Cabildo eclesiástico, en alto las cruces y los pendones de las cofradías. Algunos esclavos se han puesto de hinojos junto a la ventana de Magdalena. Por encima de sus cráneos motudos, desfilan las mazas del Cabildo. Tendrá que ser ahora. Magdalena ahoga un grito, abre la puerta y sale.

Afuera, la Plaza inmensa, trémula bajo el tibio sol, está inundada de gente. Nadie quiso perder las ceremonias. El ataúd se balancea como una barca sobre el séquito despacioso. Pasan ahora los miembros del Consulado y los de la Real Audiencia, con el regente de golilla. Pasan el Marqués de Casa Hermosa y el secretario de Su Excelencia y el comandante de Forasteros. Los oficiales se turnan para tomar, como si fueran reliquias, las telas de bayeta que penden de la caja. Los soldados arrastran cuatro cañones viejos. El Virrey va hacia su morada última en la Iglesia de San Juan.

Magdalena se suma al cortejo llorando desesperadamente. El sobrino de Su Excelencia se hace a un lado, a pesar del rigor de la etiqueta, y le roza un hombro con la mano perdida entre encajes, para sosegar tanto dolor.

Pero Magdalena no calla. Su llanto se mezcla a los latines litúrgicos, cuya música decora el nombre ilustre: "Excmo. Domino Pedro Melo de Portugal et Villena, militaris ordinis Sancti Jacobi...".

El Marqués de Casa Hermosa vuelve un poco la cabeza altiva en pos de quien gime así. Y el secretario virreinal también, sorprendido. Y los cónsules del Real Consulado. Quienes más se asombran son las cuatro hermanas de Magdalena, las cuatro hermanas jóvenes cuyos maridos desempeñan cargos en el gobierno de la ciudad.

—¿Qué tendrá Magdalena?

—¿Qué tendrá Magdalena?

—¿Cómo habrá venido aquí, ella que nunca deja la casa?

Las otras vecinas lo comentan con bisbiseos hipócritas, en el rumor de los largos rosarios.

—¿Por qué llorará así Magdalena?

A las cuatro hermanas ese llanto y ese duelo las perturban. ¿Qué puede importarle a la mayor, a la enclaustrada, la muerte de don Pedro? ¿Qué pudo acercarla a señorón tan distante, al señor cuyas órdenes recibían sus maridos temblando, como si emanaran del propio Rey?

El Marqués de Casa Hermosa suspira y menea la cabeza. Se alisa la blanca peluca y tercia la capa porque la brisa se empieza a enfriar.

Ya suenan sus pasos en la Catedral, atisbados por los santos y las vírgenes. Disparan los cañones reumáticos, mientras depositan a don Pedro en el túmulo que diez soldados custodian entre hachones encendidos. Ocupa cada uno su lugar receloso de precedencias. En el altar frontero, levántase la gloria de los salmos. El deán comienza a rezar el oficio.

Magdalena se desliza quedamente entre los oidores y los cónsules. Se aproxima al asiento de dosel donde el decano de la Audiencia finge meditaciones profundas. Nadie se atreve a protestar por el atentado contra las jerarquías. ¡Es tan terrible el dolor de esta mujer!

El deán, al tornarse con los brazos abiertos como alas para la primera bendición, la ve y alza una ceja. Tose el Marqués de Casa Hermosa, incómodo. Pero el sobrino del Virrey permanece al lado de la dama cuitada, palmeándola, calmándola.

Sólo unos metros escasos la separan del túmulo. Allá arriba, cruzadas las manos sobre el pecho, descansa don Pedro, con sus trofeos, con sus insignias.

—¿Qué le acontece a Magdalena?

Las cuatro hermanas arden como cuatro hachones. Chisporrotean, celosas.

—¿Qué diantre le pasa? ¿Ha extraviado el juicio? ¿O habrá habido algo, algo muy íntimo, entre ella y el Virrey? Pero no, no, es imposible... ¿cuándo?

Don Pedro Melo de Portugal y Villena, de la casa de los duques de Braganza, caballero de la Orden de Santiago, gentilhombre de cámara en ejercicio, primer caballerizo de la Reina, virrey, gobernador y capitán general de las Provincias del Río de la Plata, presidente de la Real Audiencia Pretorial de Buenos Aires, duerme su sueño infinito, bajo el escudo que cubre el manto ducal, el blasón con las torres y las quinas de la familia real portuguesa. Indiferente, su negra cara brilla como el ébano, en el oscilar de las antorchas.

Magdalena, de rodillas, convulsa, responde a los *Dominus vobiscum*.

Las vecinas se codean:

—¡Qué escándalo! Ya ni pudor queda en esta tierra... ¡Y qué calladito lo tuvo!

Pero, simultáneamente, infíltrase en el ánimo de

todos esos hombres y de todas esas mujeres, como algo
más recio, más sutil que su irritado desdén, un indefinible respeto hacia quien tan cerca estuvo del amo.

La procesión ondula hacia el convento de las capuchinas de Santa Clara, del cual fue protector Su Excelencia. Magdalena no logra casi tenerse en pie. La
sostiene el sobrino de don Pedro, y el Marqués de Casa
Hermosa, malhumorado, le murmura desflecadas frases
de consuelo.

Las cuatro hermanas jóvenes no osan mirarse.

¡Mosca muerta! ¡Mosca muerta! ¡Cómo se habrá
reído de ellas, para sus adentros, cuando le hicieron sentir, con mil ilusiones agrias, su superioridad de mujeres
casadas, fecundas, ante la hembra seca, reseca, vieja a los
cuarenta años, sin vida, sin nada, que jamás salía del ca-
serón paterno de la Plaza Mayor! ¿Iría el Virrey allí? ¿Iría
ella al Fuerte? ¿Dónde se encontrarían?

—¿Qué hacemos? —susurra la segunda.

Han descendido el cadáver a su sepulcro, abierto
junto a la reja del coro de las monjas. Se fue don Pedro,
como un muñeco suntuoso. Era demasiado soberbio
para escuchar el zumbido de avispas que revolotea en
torno de su magnificencia displicente.

Despídese el concurso. El regente de la Audiencia,
al pasar ante Magdalena, a quien no conoce, le hace una
reverencia grave, sin saber por qué. Las cuatro hermanas
la rodean, sofocadas, quebrado el orgullo. También los
maridos, que se doblan en la rigidez de las casacas y
ojean furtivamente alrededor.

Regresan a la gran casa vacía. Nadie dice palabra.

Entre la belleza insulsa de las otras, destácase la madurez de Magdalena con quemante fulgor. Les parece que no la han observado bien hasta hoy, que sólo hoy la conocen. Y en el fondo, en el secretísimo fondo de su alma, hermanas y cuñados le temen y la admiran. Es como si un pincel de artista hubiera barnizado esa tela deslucida, agrietada, remozándola para siempre.

Claro que de estas cosas no se hablará. No hay que hablar de estas cosas.

Magdalena atraviesa el zaguán de su casa, erguida, triunfante. Ya no la dejará. Hasta el fin de sus días vivirá encerrada, como un ídolo fascinador, como un objeto raro, precioso, casi legendario, en las salas sombrías, esas salas que abandonó por última vez para seguir el cortejo mortuorio de un Virrey a quien no había visto nunca.

El viaje de
la profesora Bellini

Pedro Mairal

La profesora María Teresa Bellini abrió la puerta del ascensor en el quinto piso con la amarga sensación de que no iba a ser capaz de contar fielmente su viaje a los concurrentes de la peña. La doctora Loreto le había reservado ese miércoles para que contara "sus impresiones de viaje por Grecia" y ella se sentía particularmente obligada a hacerlo bien. Meses atrás, en un descuido provocado por la copita de vino blanco que acompañaba a la empanada de rigor, la profesora Bellini había mencionado su intención de realizar el viaje, había contado que venía ahorrando desde hacía tres años y ya estaba cerca de alcanzar la suma necesaria. El miércoles siguiente, la doctora Loreto, que no solía invitarla dos veces seguidas sino esporádicamente, volvió a invitarla y le pidió que se quedara un momento tras la partida de los demás concurrentes. Cuando estuvieron solas, la doctora Loreto le puso en la mano un sobre y le dijo: "Tome. Juntamos este dinerito entre todos los de la peña para ayudarla con su viaje". Ella primero se negó a aceptarlo y después agradeció conmovida. Sentada en el colectivo de vuelta, espió dentro del sobre para ver cuánto dinero era, y lloró, mirando pasar las vidrieras del Once, porque era suficiente para completar los gastos de ese viaje que había querido hacer desde sus años de estudiante y no había podido pagarse hasta ahora, a los cincuenta y siete años, cuando la decisión de su hija de irse a vivir sola le permitía ahorrar cada mes algunos pesos del sueldo que ganaba enseñando Lengua y Literatura en un colegio secundario. Hacía tres años que juntaba la plata —a veces cien pesos por mes, a veces menos— y miraba por la ventana de su cuarto el pozo de aire y luz, los cables, las paredes chorreadas, pensando que algún día estaría en Grecia.

No sabía cuánto dinero había puesto cada uno de los integrantes de la peña, y tampoco tenía manera de adivinarlo: salvo la doctora Loreto, no conocía a ninguno fuera de ese ámbito y todos ellos vestían y se expresaban en forma similar, sin indicios que evidenciaran su posición económica. Pero imaginaba que la mayor parte la había puesto la doctora Loreto; sin duda, había sido de ella la idea de juntarlo. Sospechaba que la doctora Loreto había heredado dinero porque conservaba hacía muchos años ese departamento luminoso sobre la calle Paraná, podía recibir cómodamente a una docena de personas una vez a la semana, e incluso, a pesar de ser soltera, había donado su sueldo a la facultad de Letras, al menos durante los años en que la profesora Bellini había sido ayudante de cátedra de la doctora, antes de quedarse embarazada y de separarse de su marido. De todos modos, la obligación de demostrar que había aprovechado y se había cultivado con el viaje, la sentía con todos, no sólo con la doctora Loreto. Ahora, desde su silla, inmóvil durante la hora que duraría el almuerzo, con las palabras de su boca mínima, debía contar todo ese movimiento de aviones, ómnibus y barcos, esa multitud de paisajes, museos, ciudades, ruinas, hoteles y puertos. Y le parecía que el racconto de su viaje quedaría como uno de esos ridículos souvenires de caracoles que pretenden encarnar la memoria de un verano. Tendría que demostrar en qué medida era importante para una profesora de Letras conocer la Antigüedad clásica de primera fuente. Había pensado, en un momento, empezar por los períodos históricos y contar lo que había visto de cada una de las civilizaciones, pero después, intimidada por la segura presencia del arquitecto Ferrari, gran conocedor del período helénico, prefirió atenerse al orden de su propio viaje para evitar tropiezos culturales.

Estaba por tocar el timbre cuando le abrió la doctora Loreto y dijo: "¡Pero, llegó la viajera!". Se saludaron con una combinación de blando apretón de manos y beso en la mejilla. Las dos eran bajitas. La doctora Loreto ya se acercaba a los ochenta y caminaba con pasitos cortos. La profesora Bellini se movía con la agilidad de los tímidos. Dejó su tapado sobre la pila de los demás abrigos y pasó al living, donde saludó a la gente que ya había llegado, dándoles la mano. Estaban la señora Valencio que había sido traductora y catequista, el señor Crocce que tenía el orgullo de haber trabajado toda su vida en un mismo diario, y una señora de la que no conocía el apellido porque la llamaban Margarita y parecía ser una vieja amiga de la dueña de casa. La profesora Bellini se sentó rápido porque notó que había interrumpido una conversación. El señor Crocce le dijo:

—Así que estuvo de viaje.

—Sí, ya les voy a contar, ya les voy a contar —contestó ella, y esa reserva la hizo sentir como si guardara dentro la luz de otro lugar, porque, como una secreta inercia, sentía que el viaje todavía no había terminado y, a diez días de su regreso, esa luz azul del mar Egeo la seguía acompañando en el invierno de Buenos Aires.

El señor Crocce reanudó la conversación que ella había interrumpido. Se habló de diarios desaparecidos, del diario *El Mundo*, del diario *Crítica*, de viejas tiras cómicas como *Ramona* y *Trifón*.

La doctora Loreto estuvo ocupada atendiendo el portero eléctrico, el timbre de arriba, y así fueron llegando el musicólogo —o melómano— Edgardo Estefani, que hablaba de óperas y compositores italianos; el general retirado Farde, que hablaba de grandes batallas, y el matrimonio Gutiérrez Padilla, que no hablaba de nada pero asistía rigurosamente y con curiosidad simultánea. Todos la saludaron con alegría, aunque algunos no parecían acordarse de que ella había estado de viaje.

Se siguió hablando de la vulgaridad de los diarios actuales, del mal gusto de los grandes titulares deportivos con fotos de jugadores saltando despatarrados en la primera plana. Después la doctora Loreto los invitó a pasar a la mesa "Así María Teresa nos cuenta las maravillas que habrá visto".

En el comedor, había un jarrón chino, adornado con plantas secas sobre una columna, unos platos de mayólica colgados en la pared, una vitrina con porcelanas y figuras de piedra traslúcida y una araña de cristales amarillentos que colgaba del techo. En la mesa, cada lugar tenía un cartelito celeste con el nombre del concurrente escrito en birome. Ella buscó el suyo; le tocaba en la cabecera, de espalda a la ventana, en el lugar que siempre le correspondía al disertante. Dos veces ella había hablado allí: una vez de Góngora; otra vez, con mayor éxito, de Quevedo.

Cuando estuvieron todos sentados, la doctora Loreto vino desde la cocina con una cafetera y dijo:

—Bueno, cuéntenos entonces, María Teresa, por qué quería conocer Grecia.

La pregunta la desconcertó y estuvo balbuceando un poco sin que la escucharan porque la doctora Loreto empezó a servir café hirviente con muy mal pulso y la atención general, por un rato, estuvo dirigida al peligroso temblequeo de las tacitas con reproducciones de Watteau. La doctora Loreto servía café para el almuerzo, con sándwiches de miga y masas, y después una empanada con una copita de vino blanco.

Con la voz más decidida, la profesora Bellini explicó que, como profesora de una carrera humanística, siempre había querido conocer la cuna de la cultura occidental, pero no dijo que además había tenido ganas de alejarse de Buenos Aires, alejarse del frío en la parada del colectivo 124 todas las mañanas y las tardes, alejarse del colegio, de las caras incesantes de los chicos en el aula, del baño de la sala de profesores donde se lavaba la tiza de las manos con un jabón líquido de color rosado. No habló del extraño deseo que había tenido de ir a un lugar del mundo donde no estuviera ella misma, donde no estuvieran su pasado y su presente diseminados por las calles, contaminando todo.

—Bueno —dijo, dispuesta a empezar—. El viaje dura unas veinte horas...

—¿No le dio miedo el avión? —preguntó la señora de Gutiérrez Padilla.

—No, al contrario. Se viaja bien —contestó, pero no quiso hablar de la impresión que le causó el despegue, cuando ella estaba rezando un Ave María tras otro y notó la velocidad, la fuerza perfecta con la que el avión transformó esa ciudad inmensa que la aplastaba y la envejecía, en un mapa insignificante y ajeno que se fue borrando en una neblina hasta desaparecer, porque el avión siguió subiendo hasta pasar la capa de nubes y quedar suspendido en la altura con el sol brillando sobre una extensión algodonosa.

—La primera mañana en Atenas fui a conocer la Acrópolis. Como ustedes sabrán, en griego "acro-polis" significa "la ciudad más alta" —dijo con tono académico.

—Me imagino la emoción del primer impacto al ver el Partenón —dijo la señora Valencio.

La profesora Bellini dijo que sí, que desde luego la emoción había sido muy grande, pero no era cierto, y la avergonzaba lo que había sucedido en realidad. Su guía impresa aconsejaba llevar una botella de agua mineral para no deshidratarse y ella obedeció y la fue bebiendo durante la subida, lo que le provocó que ante la magnificencia del Partenón no pudiera pensar en otra cosa que en encontrar un baño. Y nunca había imaginado que en la Acrópolis, a pocos metros del templo dedicado a la diosa Atenea, construido bajo la dirección de Fidias en tiempos de Pericles, hubiera un baño con inodoros, espejo y secador automático de manos.

Circuló una bandejita con sándwiches de miga y los concurrentes empezaron a comer. La profesora Bellini dio alguna información histórica, repasada la noche anterior, sobre el modo en que las distintas invasiones y ocupaciones de Atenas habían ido modificando la Acrópolis. El general Farde pidió disculpas por interrumpir con una acotación sobre la importancia estratégica de la Acrópolis como lugar de defensa natural en la cima de una colina. La profesora Bellini habló después de la Argólida, e intentó explicar cómo estaba construido el teatro de Epidauro para lograr una acústica perfecta.

—¿No trajo fotos? —preguntó la señora de Gutiérrez Padilla.

—No. Soy mala fotógrafa. Saqué algunas, pero no salieron bien.

La noche anterior había pensado llevar las fotos pero las repasó y prefirió dejarlas. En la primera se la veía a ella, diminuta, delante de unas enormes columnas blancas, levemente ridícula por el atuendo recién puesto de bermudas y sombrero marinero. Le había pedido a una chica rubia que le sacara la foto. "Que se noten las columnas", le había dicho en castellano al entregarle la máquina, porque los primeros días tenía el impulso de hablarle en castellano a todos, sin acordarse de que no la entendían. "Yah, Yah", dijo la chica. Ella se acomodó y agregó a último momento: "...y que se note lo contenta que estoy", pero la chica disparó la foto y así quedó congelada la profesora Bellini, pronunciando el final de esas palabras que eran verdad, estaba contenta y había empezado a sentirse más liviana en el calor del verano griego.

Otra foto mostraba un torso de mármol. Era el inmenso torso de Poseidón, que había estado arriba en el pedimento del templo y ahora estaba en el museo de la Acrópolis. La profesora Bellini se había quedado un rato mirándolo impresionada. La figura llegaba casi hasta el techo, se habían perdido las piernas, el sexo, los brazos, la cabeza, pero había quedado el torso, que mostraba la respiración de un dios. El mármol parecía vivo, tumbado en el reposo de un nadador gigante. Ella había sacado la foto tímidamente, arrepentida de inmediato por rebajar así las fuerzas del dios del mar a las proporciones mínimas de su cámara *pocket*. Porque le parecía que las cámaras *pocket* tenían algo mezquino, que le hacían un pellizquito a la realidad y lo metían en el bolsillo, como un robo minúsculo, algo indigno. Y después esas fotos se revelaban al volver, en una hora, en el local de un *shopping* cercano y los familiares las pasaban rápido, sin interés, hasta que iban a parar al fondo del placard con el resto de las cosas que acumula el tiempo, y mejor no pensar lo que hacían los deudos con esas fotos.

Una vez ella había visto en una esquina, a pocas cuadras de la Plaza Irlanda, una de esas grandes bolsas negras de basura con un tajo del que habían caído unas fotos viejas. Las recordaba bien: tenían un borde blanco troquelado, mostraban a un hombre y una mujer en un lago del Sur, y había otras de un asado en un lugar parecido al Tigre, bajo unos eucaliptos, hacía muchos años.

En la foto de la profesora Bellini, el torso de Poseidón parecía un pedazo de una escultura chiquita, mal iluminada. Y las otras fotos tampoco le gustaban. Siempre había, en el fondo, turistas de colores fluorescentes. Seguramente ella también estaría al fondo de las fotos de otros, en el álbum de alguno de todos esos japoneses, norteamericanos, alemanes o franceses que había visto durante el viaje; ella estaría en sus fotos, en segundo plano, desprevenida, caminando sola entre las ruinas, vista de distintos ángulos, mínima. Porque era imposible sacar fotos sin turistas estorbando; estaban por todos lados, formaban una nueva raza de bárbaros globales a la cual a la profesora Bellini le había avergonzado pertenecer. Lo invadían todo y eran torpes y ruidosos, con gorras de béisbol y mochilas y anteojos de sol y gritos en todos los idiomas. Llegaban para desacralizar, con el mismo impulso de llevarse algo a casa que tenían los antiguos saqueadores pero atemperado ahora por las filmadoras y las réplicas del bazar de los museos. Todos esos vikingos esponsoreados por Adidas, invadiendo los restos de la Antigüedad clásica, dejando su basura, sus latas, su ridículo. La profesora Bellini había visto a una mujer parada detrás de una escultura completando los brazos y la cabeza que le faltaban a la figura de mármol para que el marido le sacara una foto.

Pero la profesora Bellini no mencionó ninguna de esas cosas y empezó a virar su relato con tono instructivo hacia la zona de las islas Cíclades.

—Después fui a Mykonos, porque desde ahí salen los barcos a Delos, que era la isla sagrada donde estaba el santuario de Apolo.

La profesora Bellini les leyó a los concurrentes un fragmento del himno en el que Homero habla de los habitantes de la isla de Delos, y describe a los hombres con sus mujeres y sus hijos, todos con largos atavíos, marchando en procesión, celebrando al dios con luchas, danzas y canciones. Intentó contarles a los concurrentes qué se conservaba de todo eso, habló de unos mosaicos y unas esculturas, pero no dijo —no quiso decir— que era muy poco, que en realidad no quedaba piedra sobre piedra, porque los terremotos, los saqueos y la intemperie de los siglos habían destruido la ciudad sagrada como si la hubiera arrasado una explosión atómica. En eso había pensado al ver a unas mujeres japonesas caminando entre las piedras dispersas con unos paraguas usados como sombrillas: se había preguntado si realmente les gustaría lo que veían, si no asociarían, al menos por un instante, la destrucción de ese lugar con la destrucción de Hiroshima. Tal vez el hecho de que la isla estuviera deshabitada acentuó la desilusión que sintió al llegar, al ver las ruinas blancas barridas por el viento constante de la erosión. La guía indicaba un recorrido a través de los restos arqueológicos, con frases como "hacia el sur se distinguen los emplazamientos de tres templos de Apolo", pero no se distinguía ninguna construcción, eran sólo piedras tiradas entre los pastos amarillos. Había que hacer un esfuerzo de imaginación demasiado grande para reconstruir los edificios como podrían haber sido hacía miles de años. En cambio, en el himno de Homero, la ciudad seguía intacta, la gente parecía estar viva, con sus ropajes nuevos, avanzando en la procesión sagrada, igual al día en el ochocientos antes de Cristo en el que el autor había ordenado esas palabras. Y había sido al pensar esas cosas que la profesora Bellini recordó, de modo difuso, el soneto de Shakespeare que comenzaba diciendo: "Ni el mármol ni los áureos monumentos / durarán con la fuerza de esta rima". Esto sí había pensado decirlo en la peña, pero no lo dijo porque estaba dirigido especialmente al arquitecto Ferrari, que hoy no había venido. Con humor ácido el arquitecto siempre hacía enojar a la gente de Letras diciendo que la literatura no existía realmente, que era puro aire, que los literatos construían y alimentaban esa gran mentira para no trabajar y pasarse el día contándose historias los unos a los otros. En cambio, en la arquitectura, decía, se puede saber fehacientemente quién trabaja y quién no. La profesora Bellini había planeado decirle que los siglos habían logrado derribar las columnas de la arquitectura clásica pero no habían podido siquiera tocar los poemas homéricos. Pero no lo dijo porque el arquitecto no estaba.

Tampoco dijo que esa noche, después de la excursión a Delos, se había sentido mal en el hotel ruidoso de Mykonos. No habló del sueño que tuvo en el que caminaba por un museo dentro de un *tour* guiado. El guía los hacía detenerse alrededor de un arenero en medio de la sala, levantaba un puñado de arena, lo derramaba lentamente y decía "Esto es el templo de Apolo en la isla de Delos". Con emoción, todos apuntaban simultáneamente sus cámaras al chorro de arena que caía y el guía decía: *"No flashes, please"*. Después un turista apuntaba una poderosa cámara hacia la estatua que presentaba de pie al joven Antínoo, lánguido y desnudo. El hombre tomaba una postura acechante, casi agresiva, se crispaba buscando el ángulo adecuado, giraba con precisión la lente y cuando conseguía el foco exacto disparaba, y el disparo de la cámara le volaba a la escultura un brazo. El hombre volvía a acomodarse desde otra posición y apuntaba. Ella se tapaba los oídos pero igual escuchaba el estruendo y veía que le volaba un pedazo de nariz al perfil de Antínoo. Finalmente, se había despertado sobresaltada por el ruido y había visto por la ventana a unos mochileros borrachos tirando botellas contra un cartel de lata.

Ahora circulaban unas masas de hojaldre con jamón y queso y unas empanaditas de cebolla. La profesora Bellini habló de lo pintorescos que eran los pueblos de las islas y la doctora Loreto hizo una acotación sobre la influencia veneciana en algunas ciudades provocada por la cuarta Cruzada en el siglo XIII. Como no podía agregar nada al respecto, la profesora Bellini habló de la geografía volcánica de Santorini y mencionó tímidamente la belleza del mar Egeo. Pero no se animó a explicar que la única que le gustaba de sus fotos era la que no había querido sacar, esa vez cuando se le disparó la cámara desde la baranda del *ferry* y en la foto salió un pedazo de mar transparente y azul, casi turquesa, y no contó que había visto desde el ómnibus del *tour* a hombres y mujeres desnudos en una playa de Mykonos, ni contó sobre esa otra noche en que la despertaron unos gritos que le helaron la sangre hasta que comprendió que era una mujer teniendo un orgasmo en alemán. No habló de ese chico joven, bronceado y rubio, al que miró dormir al sol delante de ella en un banco de la cubierta del *ferry*, ni cuando lo vio más tarde, reclinado en la baranda de hierro con otro hombre joven que le acariciaba la espalda.

La profesora Bellini habló con tono automático sobre la teoría de la existencia real de la Atlántida en la antigua Thíra y fue mirando las caras de los concurrentes: algunos masticaban y la miraban, otros sólo la miraban. La doctora Loreto repasaba el pliegue de su servilleta. La señora Valencio tenía una pildorita celeste, preparada junto al vaso para tomarla al final de la comida. El general Farde cruzaba los brazos sobre la modorra de la digestión. Parecían cansados.

—Ah, me olvidaba, General —dijo la profesora Bellini buscando en su cartera—. Le traje una moneda de cien dracmas con el perfil de Alejandro Magno, me acordé por aquella vez que usted nos habló de sus batallas.

El general Farde agradeció, preguntó si no era mucho dinero y ella dijo que no, que eran apenas unos centavos. Después la moneda circuló por la mesa, lo que despabiló un poco a los concurrentes. Incluso, para el señor Gutiérrez Padilla, la moneda pareció ser una prueba de que el viaje había existido realmente porque dijo:

—¡Qué valiente irse sola en semejante travesía!

La profesora Bellini sonrió halagada, porque era cierto, por momentos se había tenido que aguantar sola el miedo, la angustia de llegar de noche a ciudades desconocidas, arrastrando la valijita con ruedas que le había prestado una amiga. Los pocos momentos en los que se había sentido sola habían sido de noche cuando salía a comer y paseaba por las calles con mesas en la vereda, entre la gente que se divertía y tomaba algo. Pero no duraban mucho esos momentos porque le gustaba perderse por la intimidad de las calles angostas, explorando despacio los recovecos del laberinto de cada pueblo, las escaleras, las terrazas, los pasajes que parecían privados pero eran públicos, caminando en el calor de esa arquitectura despreocupada, sin límites precisos entre el adentro y el afuera.

Siguió hablando de Santorini, de cómo a la tarde la penumbra iba borrando los acantilados negros hasta que se perdían en la oscuridad y la ciudad iluminada quedaba flotando alta sobre la noche del mar. Pero no dijo que una parte de la isla, detrás de la fachada turística, con los declives de serranías pedregosas, las calles de árboles caleados, con perros y gatos sueltos, las construcciones bajas de cemento, le habían recordado a Córdoba, adonde su padre la había llevado de vacaciones hacía más de cuarenta años.

El musicólogo Estefani le preguntó si no había ido al museo arqueológico de la isla. La profesora Bellini dijo que no había tenido tiempo pero no contó que los museos habían terminado por cansarla un poco, porque siempre se llegaba al original después de haber visto infinitas réplicas de todos los tamaños y calidades en las tienditas para turistas. Incluso frente al fresco de los delfines en el palacio de Knossos había estado al borde de las lágrimas, en pleno momento epifánico, sintiendo una profunda temporalidad, una comunicación con el antiguo artista minoico que había logrado esa intensidad de los colores, cuando el guía les informó que ésa era una reproducción y que el original estaba en el museo de Heraclion. Las cosas sucedían de esa manera. Había que pasar por encima de todo el *merchandising* helénico: las postales, las ruinas en miniatura, los ídolos cicládicos hechos en serie, los ceniceros-anfiteatro, los apoyavasos mitológicos. Tampoco se animaba a decir que la última semana, a veces, en los museos, le llamaba más la atención la gente que miraba y rodeaba una escultura que la escultura misma, que no podía evitar sentirlos más vivos y más presentes que las civilizaciones del pasado. Ahí estaban los turistas estridentes entre las piedras calladas, era imposible no verlos. Tal vez porque los colores, las formas, la sensualidad de los cuerpos del arte antiguo la habían hecho mirar a su alrededor de una manera nueva, observándose con íntimo asombro a sí misma y a los demás paseándose en el resplandor de la luz de esos lugares. Pero la profesora Bellini no habló de esas cosas y quiso empezar a contar sobre Creta cuando la doctora Loreto le preguntó:

–Y dígame, María Teresa, ¿no estuvo en Corinto?

Ella contestó que sí y dijo lo poco que se acordaba de lo leído, pero la verdad era que la excursión había pasado por Corinto casi sin detenerse. La foto del lugar donde predicaba San Pablo estaba tomada desde dentro del ómnibus; el flash automático había rebotado contra el vidrio y se veía la figura de ella reflejada con una transparencia fantasmal y atrás un alambrado con una publicidad de ovillos "Ariadna" y atrás del alambrado, apenas visibles, unas piedras del ágora donde se decía que se habría parado el apóstol para predicar. La doctora Loreto intervino para hablar de las epístolas de Pablo a los corintios. Habló durante un rato. A la profesora Bellini no le molestaban las interrupciones y acotaciones, pero ésta sí le molestó un poco, del mismo modo que habían empezado a molestarle durante el viaje, a pesar de que ella se consideraba una buena creyente, los rastros de la intrusión del cristianismo en el mundo helénico. Ya eran casi las tres de la tarde.

Cuando la doctora Loreto hizo un silencio que la profesora Bellini no supo aprovechar para retomar su itinerario, el matrimonio Gutiérrez Padilla se disculpó porque se tenía que ir. El señor Crocce también pidió disculpas. Algunos se pusieron de pie. El silencio de la doctora Loreto había abierto una grieta por la que ahora empezaba a colarse la reunión. La doctora Loreto se puso de pie, arrimó su silla a la cabecera de la mesa y dijo:

—Antes de que se vayan tengo que dar una triste noticia.

Se hizo silencio. La doctora dejó ambas manos apoyadas en el respaldo.

—No quise darla antes para no aguar la tertulia y el relato de María Teresa: falleció el arquitecto Ferrari.

La sorpresa fue general. La profesora Bellini sintió violentamente que su viaje había terminado, se había detenido en ese mismo instante, como si se cerrara una ventana que da al mar o se callara de golpe la sirena de un barco. Surgió un murmullo, un ruido de preguntas confusas, exclamaciones como "qué desgracia", "pero cómo puede ser si la última reunión estuvo acá sentado y se lo veía tan bien".

—Me enteré esta mañana y ya no había tiempo de avisarles —dijo la doctora Loreto—. Aparentemente murió el lunes, no tenía familiares y en la facultad se enteraron ayer martes, cuando ya había sido el sepelio. Recién hoy temprano me lo han podido comunicar.

—¿Pero cómo fue? —preguntó la señora Valencio.

—Murió durmiendo, en la cama, tranquilamente. Así que por lo menos no sufrió, ¿no es cierto? Quién pudiera irse así, tranquila y en paz.

Algunos asintieron. La profesora Bellini no dijo nada. La consternación demoró a los más apurados. Permanecieron de pie durante un rato, haciendo preguntas o comentarios como "un hombre tan bueno, siempre tenía pronta la sonrisa". Después fueron bajando de a cuatro en el ascensor. La profesora Bellini hubiera querido terminar su relato agradeciendo a todos por la ayuda que le habían dado para realizar el viaje, pensó en quedarse última para agradecerle a la doctora Loreto, pero necesitaba salir pronto y tomar aire. Buscó su abrigo, se despidió dándole las gracias a la doctora y bajó con los demás. En la puerta de calle se despidió del señor Crocce y de la señora Valencio, y caminó con frío bajo los árboles negros de la plaza. Pensó que, tal vez, había sido mejor no tener que contar los últimos días del viaje, no tener que mentir o inventar algo, porque los dos últimos días se había quedado en las islas, se había comprado un traje de baño verde y había nadado en el mar.

Devaneo y embriaguez de una muchacha

Clarice Lispector

Le parecía que por la habitación se cruzaban los autobuses eléctricos, estremeciendo su imagen reflejada. Estaba peinándose lentamente frente al tocador de tres espejos, los brazos blancos y fuertes se erizaban en el frescor de la tarde. Los ojos no se abandonaban, los espejos vibraban ora oscuros, ora luminosos. Allá afuera, desde una ventana más alta, cayó a la calle una cosa pesada y fofa. Si los niños y el marido estuvieran en casa, se le habría ocurrido la idea de que se debía a un descuido de ellos. Los ojos no se despegaban de la imagen, el peine trabajaba meditativo, la bata abierta dejaba asomar en los espejos los senos entrecortados de varias muchachas.

"¡La Noche!", gritó el voceador al viento blando de la calle del Riachuelo, y algo presagiado se estremeció. Dejó el peine en el tocador, cantó absorta: "¡quién vio al gorrioncito... pasó por la ventana... voló más allá del Miño!", pero, colérica, se cerró en sí misma dura como un abanico.

Se acostó; abanicábase impaciente con el diario que susurraba en la habitación. Tomó el pañuelo, trató de estrujar el bordado áspero con los dedos enrojecidos. Comenzó a abanicarse nuevamente, casi sonriendo. Ay, ay, suspiró riendo. Tuvo la imagen de su sonrisa clara de muchacha todavía joven, y sonrió aún más cerrando los ojos, abanicándose más profundamente. Ay, ay, venía de la calle como una mariposa.

"Buenos días, ¿sabes quién me vino a buscar a casa?", pensó como tema posible e interesante de conversación. "Pues no sé, ¿quién?", le preguntaron con una sonrisa galanteadora unos ojos tristes en una de esas caras pálidas que a cierta gente le hacen tanto mal. "María Quiteria, ¡hombre!", respondió alegremente, con la mano en el costado. "Si me lo permites, ¿quién es esa muchacha?", insistió galante, pero ahora sin rostro. "Tú", cortó ella con leve rencor la conversación, qué aburrimiento.

Ay, qué cuarto agradable, ella se abanicaba en el Brasil. El sol, preso de las persianas, temblaba en la pared como una guitarra. La calle del Riachuelo se sacudía bajo el peso cansado de los autobuses eléctricos que venían de la calle Mem de Sá. Ella escuchaba curiosa y aburrida el estremecimiento de la vitrina en la sala de visita. De impaciencia, se dio el cuerpo de bruces, y mientras tironeaba con amor los dedos de los pies pequeñitos, esperaba su próximo pensamiento con los ojos abiertos. "Quien encontró, buscó", dijo en forma de refrán rimado, lo que siempre le parecía una verdad. Hasta que se durmió con la boca abierta, la baba humedeciéndole la almohada.

Despertó cuando el marido ya había vuelto del trabajo y entró en la habitación. No quiso comer ni salir de sus ensoñaciones, y se durmió de nuevo: el hombre que se las arreglara con las sobras del almuerzo.

Y ya que los hijos estaban en la finca de las tías, en

Jacarepaguá, ella aprovechó para amanecer rara: confusa y leve en la cama, uno de esos caprichos, ¡no se sabe por qué! El marido apareció ya vestido y ella no sabía qué había hecho para su desayuno; ni siquiera le miró el traje, si había o no que cepillarlo, poco le importaba si hoy era el día en que se ocupaba de negocios en la ciudad. Pero cuando él se inclinó para besarla, su levedad crepitó como una hoja seca.

—¡Vete!

—¿Qué tienes? —le preguntó el hombre, atónito, ensayando inmediatamente una caricia más eficaz.

Obstinada, ella no sabía responder, estaba tan tonta y principesca que no había siquiera dónde buscarle una respuesta.

—¡Cuidado con molestarme! ¡No vengas a rondarme como un gato viejo!

Él pareció pensarlo mejor y aclaró:

—Muchacha, estás enferma.

Ella lo aceptó, sorprendida, lisonjeada. Durante todo el día se quedó en la cama, escuchando la casa tan silenciosa, sin el bullicio de los niños, sin el hombre que hoy comería su cocido en la ciudad. Durante todo el día se quedó en la cama. Su cólera era tenue, ardiente. Sólo se levantaba para ir al baño, de donde volvía noble, ofendida.

La mañana se volvió una larga tarde inflada que se volvió noche sin fin, amaneciendo inocente por toda la casa.

Ella todavía estaba en la cama, tranquila, improvisada. Ella amaba... Estaba amando previamente al hombre que un día iba a amar. Quién sabe, eso a veces sucedía, y sin culpas ni dolores para ninguno de los dos. Allí estaba en la cama, pensando, pensando, casi riendo como ante un folletín. Pensando, pensando. ¿En qué? No lo sabía. Y así se dejó estar.

De un momento a otro, con rabia, se puso de pie. Pero en la flaqueza del primer instante parecía loca y delicada en la habitación que daba vueltas, daba vueltas hasta que ella consiguió a ciegas acostarse otra vez en la cama, sorprendida de que tal vez fuera verdad. "¡Oh, mujer, mira que si de veras te enfermas!", se dijo, desconfiada. Se llevó la mano a la frente para ver si tenía fiebre.

Esa noche, hasta que se durmió, fantaseó, fantaseó: ¿cuánto tiempo?, hasta que cayó: adormecida, roncando con el marido.

Despertó con el día atrasado, las papas por pelar, los niños que regresarían por la tarde de casa de las tías, ¡ay, me he faltado al respeto!, día de lavar ropa y zurcir calcetines, ¡ay, qué haragana me saliste!, se censuró curiosa y satisfecha, ir de compras, no olvidar el pescado, el día atrasado, la mañana presurosa de sol.

Pero el sábado por la noche fueron a la tasca de la plaza Tiradentes, atendiendo a la invitación de un comerciante muy próspero, ella con el vestidito nuevo que aunque no demasiado adornado era de muy buena tela, de ésas que iban a durar toda la vida. El sábado por la noche, embriagada en la plaza Tiradentes, embriagada pero con el marido a su lado para protegerla, y ella ceremoniosa frente al otro hombre mucho más fino y rico, procurando darle conversación, porque ella no era ninguna charlatana de aldea y había vivido en la capital. Pero borracha a más no poder.

Y si su marido no estaba borracho era porque no quería faltarle al respeto al comerciante y, lleno de empeño y humildad, le dejaba al otro el cantar del gallo. Lo que quedaba bien para esa ocasión tan distinguida, pero le daba, al mismo tiempo, muchos deseos de reír. ¡Y desprecio! ¡Miraba al marido en su traje nuevo y le hacía una gracia! Borracha a más no poder, pero sin perder el brío de muchachita. Y el vino verde se le derramaba por el cuerpo.

Y cuando estaba embriagada, como en una abundante comida de domingo, todo lo que por la propia naturaleza está separado —olor a aceite en un lado, hombre en otro, sopa en un lado, mesero en el otro— se unía raramente por la propia naturaleza, y todo no pasaba de ser una sinvergüenzada solamente, una bellaquería.

Y si estaban brillantes y duros los ojos, si sus gestos eran etapas difíciles hasta conseguir finalmente alcanzar el palillero, en verdad por dentro estaba hasta muy bien, era una nube plena trasladándose sin esfuerzo. Los labios ensanchados y los dientes blancos, y el vino hinchándola. Y aquella vanidad de estar embriagada facilitándole un gran desdén por todo, tornándola madura y redonda como una gran vaca.

Naturalmente que ella conversaba. Porque no le faltaban temas ni habilidad. Pero las palabras que una persona pronunciaba cuando estaba embriagada eran como si estuvieran preñadas; palabras sólo en la boca, que poco tenían que ver con el centro secreto que era como una gravidez. Ay, qué rara estaba. El sábado por la noche el alma diaria estaba perdida, y qué bueno era perderla, y como recuerdo de los otros días apenas quedaban las manos pequeñas tan maltratadas, y ahora ella con los codos sobre el mantel de la mesa a cuadros rojos y blancos, como sobre una mesa de juego, profundamente lanzada a una vida baja y convulsionante. ¿Y esta carcajada? Esa carcajada que le estaba saliendo misteriosamente de una garganta llena y blanca, en respuesta a la delicadeza del comerciante, carcajada venida de las profundidades de aquel sueño, y de la profundidad de aquella seguridad de quien tiene un cuerpo. Su carne blanca estaba dulce como la de una langosta, las piernas de una langosta viva moviéndose lentamente en el aire. Y aquella pequeña maldad de quien tiene un cuerpo.

Conversaba, y escuchaba con curiosidad lo que ella misma estaba respondiendo al comerciante próspero que en tan buena hora los invitaba y pagaba la comida. Escuchaba intrigada y deslumbrada lo que ella misma estaba respondiendo: lo que dijera en ese estado valdría para el futuro como augurio (ahora ya no era una langosta, era un duro signo: escorpión. Porque había nacido en noviembre).

Un reflector que mientras se duerme recorre la madrugada: tal era su embriaguez errando por las alturas.

Al mismo tiempo, ¡qué sensibilidad!, ¡pero qué sensibilidad!, cuando miraba el cuadro tan bien pintado del restaurante, de inmediato le nacía la sensibilidad artística. Nadie podría sacarle la idea de que había nacido para otras cosas. A ella siempre le gustaron las obras de arte.

¡Pero qué sensibilidad!, ahora ya no a causa del cuadro de uvas y peras y pescado muerto brillando en las escamas. Su sensibilidad la molestaba sin serle dolorosa, como una uña rota. Y siquiera podría permitirse el lujo de volverse aún más sensible, podría ir más adelante todavía: porque estaba protegida por una situación, protegida como toda la gente que había alcanzado una posición en la vida. Como una persona a quien le impiden tener su propia desgracia. Ay, qué infeliz soy, madre mía. Si quisiera aún podría echar más vino en su cuerpo y, protegida por la posición que había alcanzado en la vida, emborracharse todavía más, siempre y cuando no perdiera la fuerza. Y así, más borracha aún, recorría con los ojos el restaurante, y qué desprecio sentía por las personas secas del restaurante, ningún hombre que fuese un hombre de verdad, que fuese realmente triste. Qué desprecio por las personas secas del restaurante, mientras ella estaba gorda y pesada, generosa a más no poder. Y todos tan distantes en el restaurante, separados uno del otro como si jamás uno pudiera hablar con el otro. Cada uno por sí, y Dios para todos.

Sus ojos se fijaron de nuevo en aquella muchacha que ya, de entrada, le hiciera subir la mostaza a la nariz. De entrada la había visto, sentada a una mesa con su hombre, toda llena de sombreros y adornos, rubia como un escudo falso, toda santurrona y fina –¡qué lindo sombrero tenía!–, seguro que ni siquiera era casada, y ponía esa cara de santa. Y con su lindo sombrero bien puesto. ¡Pues que le aprovechara bien la santidad!, ¡y que no se le cayera la aristocracia en la sopa! Las más santitas eran las que estaban más llenas de desvergüenza. Y el mesero, el gran estúpido, sirviéndola lleno de atenciones, el ladino, y el hombre amarillo que la acompañaba haciéndose de la vista gorda. Y la santurrona muy envanecida de su sombrero, muy modesta por su cinturita pequeña, seguro que ni siquiera era capaz de parirle un hijo a su hombre. Claro que ella no tenía nada que ver con eso, por cierto: pero de entrada le habían dado ganas de llenarle esa cara de santa rubia de unos buenos sopapos, junto con la aristocracia del sombrero. Que ni siquiera era rolliza, porque era plana de pecho. Van a ver que con todos sus sombreros, no pasaba de ser una verdulera haciéndose pasar por gran dama.

Oh, estaba muy humillada por haber ido a la tasca sin sombrero, ahora la cabeza le parecía desnuda. Y la otra, con sus aires de señora, haciéndose pasar por delicada. ¡Bien sé lo que te falta, damisela, y a tu hombre amarillo! Y si piensas que te envidio tu pecho plano, puedes ir sabiendo que no me importa nada, que me río de tus sombreros. A desvergonzadas como tú, haciéndose las importantes, yo las lleno de sopapos.

En su sagrada cólera, extendió con dificultad la mano y tomó un palillo.

Pero finalmente la dificultad de llegar a casa desapareció: se movía ahora dentro de la realidad familiar de su habitación, sentada en el borde de la cama con la chinela balanceándose en el pie.

Y cuando entrecerró los ojos nublados, todo quedó de carne, el pie de la cama de carne, la ventana de carne, en la silla el traje de carne que el marido había arrojado, y todo, casi, le producía dolor. Y ella cada vez más grande, vacilante, temblorosa, gigantesca. Si consiguiera llegar más cerca de sí misma se vería más grande. Cada brazo podría ser recorrido por una persona, en la ignorancia de que se trataba de un brazo, y en cada ojo podría sumergirse y nadar sin saber que era un ojo. Y alrededor doliendo todo, un poco. Las cosas estaban hechas de carne con neuralgia. Había sido el frío que pescó al salir del restaurante.

Estaba sentada en la cama, tranquila, escéptica.

Y eso todavía no era nada. Que en ese momento le estaban sucediendo cosas que sólo más tarde le irían realmente a doler mucho: cuando ella volviera a su tamaño corriente, el cuerpo anestesiado estaría despertándose, latiendo, y ella iba a pagar por las comilonas y los vinos.

Entonces, ya que eso terminaría por suceder, tanto se me hace abrir ahora mismo los ojos, lo hizo, y todo quedó más pequeño y más nítido, pero sin ningún dolor. Todo, en el fondo estaba igual, sólo que menor y familiar. Estaba sentada, bien tiesa, en su cama, el estómago muy lleno, absorta, resignada, con la delicadeza de quien espera sentado que otro despierte. "Te atiborraste de comida, ahora a pagar el pato", se dijo melancólica, mirándose los deditos blancos del pie. Miraba alrededor, paciente, obediente. Ay, palabras, palabras, objetos de habitación alineados en orden de palabras formando aquellas frases turbias y aburridas, que quien sepa leer, leerá. Aburrimiento, aburrimiento, ay, qué fastidio. Qué pesadez. En fin, que sea lo que Dios quiera. Qué es lo que se habría de hacer. Ay, me da una cosa tan rara que ni sé siquiera cómo explicarla. En fin, que sea lo que Dios quiera. ¡Y decir que se había divertido tanto esta noche!, ¡y decir que había sido tan lindo todo, tan a su gusto el restaurante, ella sentada tan fina a la mesa! ¡Mesa!, le gritó el mundo. Pero ella ni siquiera respondió, alzando los hombros en un gesto de disgusto, importunada, ¡que no me vengan a fastidiar con cariños!, desilusionada, resignada, harta de comida, casada, contenta, con una vaga náusea.

Fue en aquel instante cuando quedó sorda: le faltó un sentido. Envió a la oreja una palmada con la mano abierta, con lo que sólo consiguió un mayor trastorno: el oído se le llenó de un rumor de elevador, la vida de repente se hizo sonora y aumentaba en los menores movimientos. Una de dos: estaba sorda o escuchaba demasiado (reaccionó a esta nueva solicitud con una sensación maliciosa e incómoda, con un suspiro de saciedad). Que los parta un rayo, dijo suavemente, aniquilada.

"Y cuando en el restaurante...", recordó de repente. Cuando estuvo en el restaurante, el protector de su marido le había arrimado un pie al suyo debajo de la mesa, y por encima de la mesa estaba la cara de él. ¿Porque se había callado, o había sido a propósito? El diablo. Una persona que, para decir la verdad, era muy interesante. Se encogió de hombros.

¿Y cuando en su escote redondo, en plena plaza Tiradentes —pensó ella moviendo la cabeza con incredulidad— se había posado una mosca sobre su piel desnuda? Ay, qué malicia.

Había ciertas cosas buenas porque eran casi nauseabundas: el ruido como el de un elevador en la sangre, mientras el hombre roncaba a su lado, los hijos gorditos durmiendo amontonados en la otra habitación, los pobres. ¡Ay, qué cosa me viene!, pensó desesperada. ¿Habría comido demasiado? ¡Ay, qué cosa me viene, santa madre mía!

Era la tristeza.

Los dedos del pie jugaron con la chinela. El piso no estaba demasiado limpio. Qué descuidada y perezosa me saliste. Mañana no, porque no estaría muy bien de las piernas. Pero pasado mañana habría que ver cómo estaría su casa: la restregaría con agua y jabón hasta arrancarle toda la suciedad, ¡toda!, ¡habría que ver su casa!, amenazó colérica. Ay, qué bien se sentía, qué áspera, como si todavía tuviese leche en las mamas, tan fuerte. Cuando el amigo del marido la vio tan bonita y gorda, de inmediato sintió respeto por ella. Y cuando ella se sentía avergonzada no sabía dónde tenía que fijar los ojos. Ay, qué tristeza. Qué habría de hacer. Sentada en el borde de la cama, pestañeaba con resignación. Qué bien se veía la luna en esas noches de verano. Se inclinó un poquito, desinteresada, resignada. La luna. Qué bien se veía. La luna alta y amarilla deslizándose por el cielo, pobrecita. Deslizándose, deslizándose... Alta, alta. La luna. Entonces la grosería explotó en súbito amor; perra, dijo riéndose.

Princesa

Anton Chéjov

Por la gran puerta cochera llamada Portalón Rojo del monasterio de monjes N*** entró un carruaje tirado por cuatro bonitos y bien cebados caballos. Monjes y novicios, agrupados en aquella parte del edificio de la fonda destinada a albergue de la nobleza, habían reconocido ya desde lejos, por el cochero y los caballos, en la señora sentada en el carruaje, a la figura familiar de la princesa Vera Gavrilovna.

Un viejo, vestido de librea, saltó del pescante y ayudó a la princesa a bajarse del carruaje. Ésta alzó un oscuro velo y, sin apresuramiento, se acercó a los monjes para recibir la bendición. Luego, tras saludar afectuosamente a los novicios con una inclinación de cabeza, se retiró a sus aposentos.

—¿Qué?... ¡Se aburrieron ustedes sin su princesa? —dijo a los monjes que transportaban su equipaje—. ¡Todo un mes sin aparecer por aquí!... Pero, en fin..., ¡ya ha llegado! ¡Miren a su princesa!... ¿Y el padre prior..., dónde está?... ¡Dios mío!... ¡Me consumo de impaciencia!... ¡Un anciano tan maravilloso!... ¡Deben sentirse ustedes orgullosos de él!

Al entrar el padre prior, la princesa, con una exclamación de entusiasmo, cruzó las manos sobre el pecho y se acercó a él para pedirle la bendición.

—¡No, no!... ¡Déjeme besar su mano! —dijo, cogiendo ésta y besándola tres veces fervorosamente—. ¡Cuánto me alegra, santo padre, verlo al fin! ¡Seguramente usted se había olvidado de su princesa, mientras que yo vivía con el pensamiento en su querido monasterio!... ¡Qué bien se está aquí!... ¡Esta vida dedicada a Dios, lejos de las vanidades del mundo, encierra, santo padre, cierto especial encanto que mi alma percibe, aunque no sabe expresar con palabras!...

Las mejillas de la princesa enrojecieron y sus ojos se llenaron de lágrimas. Hablaba sin parar ardorosamente, en tanto que el padre prior, un viejo de setenta años, serio, feo y tímido, guardaba silencio y sólo de cuando en cuando decía con acento breve, a lo militar:

—Así es, excelencia... Comprendo, excelencia... ¿Viene usted para mucho tiempo?

—Pasaré aquí esta noche y mañana me iré a ver a Klavdia Nikolaevna. Hace mucho que no nos hemos visto..., pero pasado mañana estaré otra vez de vuelta y me quedaré tres o cuatro días. Quiero dejar descansar mi alma entre vosotros, santo padre...

Gustaba la princesa de visitar el monasterio de N***. Durante los dos últimos años había elegido éste como su lugar de preferencia para pasar en él, de cuando en cuando, dos o tres días y a veces hasta una semana. Los tímidos novicios, el silencio, los techos bajos, el olor a ciprés, la comida frugal, las cortinillas baratas de las ventanas..., todo la conmovía y predisponía su espíritu a buenos pensamientos. Sólo media hora de permanencia en aquellos aposentos era suficiente para que empezara a parecerle que también ella era tímida y modesta y que también olía a ciprés; el pasado, al alejarse, perdía valor y comenzaba a sentirse, a pesar de sus veintinueve años, semejante al viejo prior; a creer que, como él, no había nacido para la riqueza terrena, ni para el amor..., sino para una vida tranquila, apartada del mundo, crepuscular, como aquellas estancias.

Del mismo modo que un asceta entregado a la oración en su oscura celda sonríe involuntariamente al ver asomar un rayo de sol por la ventana o posarse en ella un pajarillo entonando su canción, y siente afluir a su alma, bajo la grave pesadumbre del dolor de los pecados, como bajo una pesada piedra, el arroyo de una queda e inocente alegría, así la princesa creía aportar consigo idéntico consuelo que el rayo o el pajarillo. Con su alegre y afable sonrisa, su tímida mirada, su voz, sus bromas dirigidas en general, su figura pequeña y bien configurada, vestida con un sencillo traje negro..., había de despertar en aquellos hombres sencillos y severos un sentimiento de emoción y de alegría. Cada uno de ellos al mirarla tendría que pensar: "¡Dios nos envía un ángel!...". Así, pues, sintiendo que todos involuntariamente pensarían esto, su sonrisa se hacía más afable y eran mayores sus esfuerzos por parecerse a un pajarillo.

Después de tomar el té y de descansar, salió a dar un paseo. El sol habíase puesto ya en el horizonte, los macizos de flores del monasterio enviaban a la princesa los efluvios perfumados de la reseda recién regada, y de la iglesia llegaba el suave canto de unas voces masculinas como sonido, escuchado desde la lejanía, resultaba sumamente grato y triste. Cantábanse las *vísperas*. La luz de las lamparitas centelleaba en las oscuras ventanas y en las sombras, en la figura del viejo monje sentado en el atrio junto a la imagen y su cepillo, hallábase escrita tanta sosegada paz, que la princesa, sin saber por qué, sintió deseos de llorar... Entre tanto, al otro lado del portalón y en la alameda provista de bancos que se extendía entre la tapia y los álamos, había anochecido ya por completo. El aire oscurecía velozmente; la princesa, tras pasear por la alameda, se sentó en un banco y quedó pensativa. Pensaba en lo hermoso que sería recluirse para siempre en este monasterio en el que la vida era pacífica y sosegada como un atardecer de verano. ¡Cuán hermoso sería olvidarse por completo del ingrato y disoluto príncipe... de sus inmensos bienes, de los acreedores que diariamente la importunaban, de sus desgracias, de su doncella Dascha, cuyo rostro mostraba aquella mañana una expresión tan impertinente!... ¡Qué hermoso sería permanecer la vida entera en aquel banco, contemplando cómo a través de los troncos de los álamos y al pie de la montaña, vaga, deshecha en jirones, la niebla del anochecer; cómo allá lejos, lejos, elevándose sobre el bosque cual negra nube, semejante a un velo, vuelan hacia su retiro nocturno las cornejas; cómo dos novicios, uno montado sobre un caballo bayo, otro a pie, azuzan a otros caballos que llevan a pastar y, gozando de su libertad, juguetean como chicuelos. Sus voces jóvenes.resuenan sonoras en el aire y puede distinguirse cada una de sus palabras. ¡Cuán grato es permanecer allí sentada... prestando oído al silencio! Tan pronto es el viento el que sopla rozando las cimas de los árboles, como la rana haciendo chasquear las hojas del año anterior o el reloj del campanario dando el cuarto... ¡Oh... estarse allí sentada, inmóvil..., pensando, pensando, pensando!

Una vieja con un saquillo al hombro pasó ante ella. La princesa pensó que sería pertinente detener a esta vieja, decirle algo afectuoso, ayudarla... Pero la vieja, sin volver la cabeza ni una sola vez, dobló la esquina.

Poco después, por la alameda aparecía un hombre alto, de barba canosa y tocado con un sombrero de paja. Al llegar al sitio en que se encontraba la princesa, saludó quitándose el sombrero. En su gran calva y la pronunciada nariz de caballete, reconoció la princesa al médico Mijail Ivanovich, que cinco años antes prestara servicio en su hacienda de Dubovki. Recordando haber oído decir que éste había perdido a su esposa el año anterior, quiso hacerle presente su sentimiento y otorgarle unas frases de consuelo.

–Doctor... Seguramente no me reconoce –dijo con afable sonrisa.

–Sí, princesa. La he reconocido –dijo el doctor volviendo a descubrirse.

–Gracias entonces. De no haber sido así, pensaría que se había usted olvidado de su princesa. La gente suele recordar solamente a sus enemigos y olvidar a sus amigos. ¿Viene usted también a hacer oración?

—Todos los sábados por la noche paso aquí visita.

—¡Ah!... ¿Y cómo se encuentra?... —preguntó la princesa, añadiendo con un suspiro—: He oído que perdió usted a su mujer... ¡Qué desgracia!

—Sí, princesa... Ha sido para mí una gran desgracia.

—¡Qué se le va a hacer! ¡Hemos de sobrellevar las desgracias con resignación!... ¡Sin permiso del cielo, no cae ni un cabello de la cabeza del hombre!

—Sí, princesa.

El tono del doctor, respondiendo a la tímida y afable sonrisa de la princesa y a sus suspiros, era frío y seco: "Sí, princesa".

También era seca y fría la expresión de su rostro.

"¿Qué más puedo decirle?", pensó la princesa, añadiendo en voz alta:

—¡Cuánto tiempo hace que no nos hemos visto! ¡Cinco años!... ¡Cuánta agua ha corrido! ¡Cuántos cambios han sobrevenido!... ¡Da hasta miedo pensar en ello!... Ya sabe usted que me casé. De condesa me convertí en princesa. Pero ya he tenido tiempo para separarme de mi marido.

—En efecto, lo he oído decir.

—¡Muchas pruebas me mandó Dios!... Seguramente oyó usted decir también que estoy casi arruinada. Para saldar las deudas de mi desdichado marido hube de vender mis haciendas en Dubovki, en Kiriakova y de Sofiino. Sólo me quedan ya Baranovo y Mijaltzevo. ¡Aterra volver la vista atrás! ¡Tantos cambios diferentes! ¡Tantas desgracias! ¡Tantos errores!...

—Sí, princesa. Muchos errores.

La princesa se azoró. Sabía de qué errores se trataba. Eran todos, sin embargo, de carácter tan íntimo, que sólo y únicamente ella podía hablar sobre el particular. No pudiendo contenerse preguntó:

—¿A qué errores se refiere?

—Usted fue la que los nombró —contestó el doctor, sonriendo ligeramente—. ¿Para qué hablar de ellos?

—¡No!... ¡Hábleme, doctor!... ¡Se lo agradeceré mucho!... ¡Por favor, no gaste ceremonias conmigo! ¡Me agrada escuchar la verdad!

—Yo no soy su juez, princesa.

—¿Juez?... ¿Qué tono emplea usted?... ¡Eso quiere decir que sabe algo reprobable!... ¡Dígame qué!

—Si lo desea... se lo diré. Únicamente siento que el no saberme expresar no me permita siempre hacerme comprender.

Y el médico, tras meditar unos instantes, comenzó a decir:

—¡Muchos errores..., de los cuales el mayor, a mi juicio, era el ambiente general de sus haciendas!... ¿Ve usted?... ¿Ve cómo no sé expresarme?... Quiero decir con esto que lo principal era allí el desamor, una repugnancia hacia el prójimo, perceptible completamente en todo. Sobre esta repugnancia tenía usted edificado su sistema de vida. Repugnancia hacia la voz humana..., los rostros, las nucas, los pasos... ¡En una palabra: hacia todo lo que constituye el hombre!... Junto a cada una de sus puertas y de sus escaleras hay lacayos de librea, perezosos, satisfechos y brutales, cuya misión es no dejar entrar a la gente no adecuadamente vestida; en el vestíbulo hay sillones de alto respaldo para que durante las recepciones y los bailes los lacayos no manchen con sus nucas los papeles de la pared; por todas partes alfombras ásperas, destinadas a amortiguar los pasos del hombre; a todo el que entra se le dice perentoriamente que hable poco y más bajo, y que no diga nada que pueda ejercer una mala influencia sobre la imaginación y los nervios... Y, por último, en su despacho no se le tiende al hombre la mano ni se le ofrece un asiento; del mismo modo, exactamente, que ahora no me ha tendido la mano ni me ha invitado a sentarme...

—¡Por favor!... ¡Si lo desea!... —dijo la princesa sonriendo y tendiéndole la mano—. ¡No hay que enfadarse por una tontería semejante!...

—¿Acaso me enfado? —rió el doctor; pero en el acto pareció encenderse, se quitó el sombrero y, agitándolo en el aire, empezó a hablar con vehemencia—. ¡Si he de ser sincero, le confesaré que hace mucho tiempo buscaba la ocasión de decirle todo esto!... ¡De decirle que considera usted a la gente como Napoleón la consideraba: como carne de cañón! ¡Y, sin embargo, Napoleón, al menos, estaba guiado por una idea..., mientras que a usted sólo la guía la repugnancia hacia las gentes!

—¿Repugnancia yo hacia las gentes?... —sonrió la princesa encogiéndose, asombrada, de hombros—. ¿Yo?...

—Usted... sí. ¿Quiere pruebas?... Helas aquí. En su hacienda de Mijaltzevo viven de limosna los tres antiguos cocineros que, víctimas del calor de su fogón, perdieron la vista en sus cocinas... Cuanto había de sano, bello y fuerte..., lacayos, cocheros, etcétera, en sus decenas de millares de hectáreas, fue acaparado por usted y sus parásitos. Todos estos seres que se mueven sobre dos piernas, al ser educados en el servilismo, se embrutecieron, se hartaron, perdieron, en una palabra, la estampa humana... En cuanto a los médicos jóvenes, a los profesores y a todos los trabajadores intelectuales, en general... ¡Dios mío!... ¡Arrancándolos al trabajo honrado se les obliga por un pedazo de pan a intervenir en toda clase de comedias, de marionetas capaces de avergonzar a cualquier hombre cabal!... No hay joven que se ocupe más de dos años en este trabajo sin volverse hipócrita adulador, acusica... ¿Es esto acaso justo?... Sus administradores polacos, esos ruines espías, todos estos Casimiros y Cayetanos, recorren sus decenas de millares de hectáreas de la mañana a la noche, buscando sólo complacerla y tratando para ello de arrancar el pellejo a la gente... Perdone..., me expreso sin orden, pero no importa... Los humildes no son considerados por usted como seres humanos; y en cuanto a los príncipes, condes, arciprestes que frecuentan su casa, si son admitidos en ella es únicamente como elemento decorativo, no como personas... ¡Y, sin embargo, lo principal..., lo principal..., lo que sobre todo me indigna, es que poseyendo una fortuna superior a un millón no haya hecho nada en beneficio del prójimo!... ¡Nada!

La princesa, ofendida y llena de asombro, permanecía allí sentada, sin saber qué decir ni qué actitud tomar. Jamás le había hablado nadie en este tono. La voz enojosa e irritada del doctor y su torpe discurso tartamudo herían su cabeza con un sonido violento, como si el gesticulante doctor estuviera pegándole en ella con el sombrero.

—¡No es cierto! —pronunció en voz baja, con tono suplicante—. ¡Hice mucho bien a la gente! ¡Usted es el que más debe saberlo!

—¡Deje eso a un lado! —dijo el doctor elevando la voz—. ¿Es posible que crea que aquella actividad suya fue benéfica..., que siga considerándola como algo serio y útil y no como lo que era..., como una comedia de marionetas?... ¡Aquello fue sólo una comedia, desde el principio hasta el final!... ¡Jugar al *amor del prójimo*!... ¡El más claro de los *juegos*, capaz de ser comprendido hasta por los niños y las más necias *babas*!... Por ejemplo, aquella institución... ¿cómo se llamaba?..., destinada a las ancianas sin hogar, en la que me obligó usted a ser algo así como médico director en tanto que usted era la honorable presidenta... ¡Oh, Dios mío!... ¡Qué institución tan simpática!... Se construyó una casa con suelos de parquet y se puso una veleta en su tejado... Recogiendo en la aldea unas diez ancianas se las obligó a dormir con mantas, entre sábanas de hilo de Holanda, y a comer caramelos...

Aquí el doctor estalló en maligna risa, prosiguiendo después apresuradamente y tartamudeando:

—¡Pero todo era un juego!... Los subalternos escondían las mantas y las sábanas bajo llave para que las ancianas no las mancharan... ¡Qué demonio! ¡Que duerman en el suelo!...¡Una vieja no tiene derecho a sentarse en su cama ni a dejar sobre ella su blusa, ni a pasearse por el parquet!... ¡Todo se reserva para la exhibición y se esconde de las ancianas como de ladrones, en tanto que éstas se alimentan y se visten a escondidas, sólo por la misericordia de Dios, a quien ruegan noche y día les permita escapar de aquella cárcel, y de la protección salvadora de los satisfechos canallas, a cuyo cuidado han sido encomendadas! Pues, ¿y los superiores? ¿Cuál es su conducta?... ¡Algo sencillamente maravilloso!... Un par de veces a la semana y al anochecer parten al galope cerca de treinta y cinco mil correos para dar aviso de que al día siguiente la princesa visitará el asilo. Ello significa que ese día hay que abandonar a los enfermos y vestirse para asistir a la recepción. Llegó, y el espectáculo es el siguiente: limpias las ancianas y con trajes nuevos, esperan colocadas en fila. A su alrededor, mostrando su acusica y almibarada sonrisa, se agita el vigilante, esa vieja rata de guarnición. Las viejas bostezan, se miran las unas a las otras, pero no osan quejarse. Esperemos... Por fin llega galopando el administrador menor; media hora después, el mayor, y, por último, el administrador supremo de la hacienda. Tras ellos, otros y otros más en un galope sin fin. Todos tienen el rostro misterioso y solemne. Esperamos y esperamos... De cuando en cuando echamos una mirada al reloj, siempre en medio de un silencio profundo, pues nos aborrecemos los unos a los otros. Transcurre una hora..., dos... y he aquí que al fin, en la lejanía surge un carruaje y..., y...

El doctor dejó oír una risa penetrante y prosiguió en alto tono de voz:

—Desciende usted del carruaje, y las viejas brujas, bajo el mando de la rata de guarnición, empiezan a cantar: "Sea Dios glorificado en Sión...". ¿No es así?...

El doctor rompió a reír con voz de bajo, indicando con un ademán que la risa le impedía pronunciar palabra. Reíase con risa pesada, entre los dientes fuertemente apretados, como ríen los malos, y en su rostro, en sus ojos brillantes y un poco despectivos, leíase cuán profundamente despreciaba a la princesa, al asilo y a las viejas. Cuanto de manera tan torpe y brutal había relatado, no encerraba nada regocijante ni capaz de mover a risa, a pesar de lo cual él reía con fruición y hasta con alegría.

—Pues, ¿y la escuela? —prosiguió con la respiración entrecortada por la risa—. ¡Se recuerda usted a sí misma pretendiendo enseñar a los niños y a los mujiks?... ¡Sin duda les enseñaba usted muy bien, pues pronto los chiquillos comenzaron a escaparse, haciéndose necesario azotarlos y darles dinero para obligarlos a volver!... ¿Recuerda cómo deseaba usted nutrir a los recién nacidos, cuyas madres trabajan en el campo, dándoles el biberón con sus propias manos?... Recorría usted la aldea llorando, porque las madres se llevaban sus hijos con ellas y no quedaban criaturas a su disposición. Luego, el *starosta* ordenó a aquéllas que le dejaran por turno sus criaturas para que pudiera usted distraerse con éstas... ¡Asombroso!... ¡Todos huían de su acción benéfica como huye el ratón del gato!... ¿Y por qué?... ¡Muy sencillo!... ¡No era la ignorancia e ingratitud del pueblo (como usted explicaba) la causa!... ¡Era (y perdóneme que me exprese así) que en ninguna de sus acciones había un *grosch* de amor ni de misericordia!... ¡Sólo la movía el deseo de divertirse con unos muñecos vivos! ¡Nada más!... ¡El que no sabe distinguir a un ser humano de un pequinés no debe ocuparse de beneficencia!... ¡Y yo le aseguro que la diferencia entre un ser humano y un pequinés es muy grande!

El corazón de la princesa palpitaba con terrible fuerza. Algo golpeaba sus oídos, figurándosele constantemente que el doctor le martilleaba la cabeza con el sombrero. El doctor hablaba de prisa, en tono vehemente, sin belleza de expresión, tartamudeando y en medio de una gesticulación superflua, en tanto que la princesa sólo comprendía que ante ella estaba un hombre avieso, bruto, maleducado y desagradecido; no lo que quería de ella ni lo que le decía.

—¡Márchese! —dijo con voz llorosa y alzando las manos para proteger su cabeza del sombrero del doctor—. ¡Márchese!

—Pues, ¿y con sus empleados?... ¿Cuál es su comportamiento?... —proseguía, indignándose el doctor—. No los considera personas y los trata peor que a los granujas. ¡Un ejemplo!... ¿Por qué me despidió usted a mí..., me permito preguntarle? ¡Yo había servido diez años a su padre...; luego la serví a usted honradamente, sin saber de fiestas ni de permisos! ¡Merecí el afecto de cuantos en un radio de cien verstas me rodeaban, y, sin embargo, un buen día me fue anunciado de repente que cesaba en mi empleo!... ¿Por qué motivo?... ¡Ésta es la hora en que todavía no lo comprendo!... ¡Soy doctor en Medicina, noble, antiguo estudiante de la Universidad de Moscú, padre de familia, pero sin duda un ser tan ínfimo que puede despedírseme sin explicaciones! ¿Para qué usar ceremonias conmigo?... Supe después que mi mujer, sin mi consentimiento, fue unas tres veces a ver a usted con ánimo de interceder por mí, y que no fue recibida ni una sola. Dicen que lloraba en el vestíbulo. ¡Nunca perdonaré aquello a la difunta! ¡Nunca!... –el doctor calló.

Apretando los clientes buscaba algo más vengativo y desagradable que poder decir. Al recordarlo, su rostro tétrico y frío resplandeció súbitamente.

–Consideremos, por ejemplo, su relación con este monasterio... Usted nunca sintió piedad de nadie, y, por tanto, cuanto más santo el lugar tantas más probabilidades tiene de recibir el pago de su misericordia y su humildad angelical. ¿Qué viene usted a hacer aquí? ¿Qué necesita usted de los monjes?..., me permito preguntarle. "¿Qué significa Hecuba para usted y usted para Hecuba?..." ¡De nuevo un entretenimiento, un juego, una profanación de la personalidad humana y sólo esto!... ¡Usted no cree en el Dios de los monjes! ¡Lleva usted en el alma un Dios encontrado con su propia industria, en reuniones espiritistas!... ¡Mira usted con condescendencia el culto eclesiástico, no asiste usted a misa ni a las *vísperas* y duerme usted hasta el mediodía!... ¿A qué viene aquí?... ¡Viene usted con su propio Dios..., entra en el monasterio y se imagina que el monasterio lo considera un alto honor!... ¡Eso es lo que usted cree! ¡Más le valiera preguntar cuánto cuestan a los monjes sus visitas!... ¡Hoy se ha dignado usted llegar aquí al anochecer, pero anteayer había venido ya un jinete enviado de su hacienda a avisar su llegada! ¡Un día entero hubieron de estar preparando los aposentos y esperándola! ¡De vanguardia llegó su insolente doncella, que a cada momento va y viene por el patio, importunando con preguntas y órdenes!... ¡No puedo soportarlo! ¡El día entero ha durado la espera de los monjes, ya que el no hacerle una recepción ceremoniosa significaría su desgracia! ¡Presentaría usted una queja al arcipreste! Le diría: "¡Los monjes no me aman, ilustrísima!... ¡No sé lo que puedo haberles hecho!... ¡Verdad que soy una gran pecadora, pero también tan desgraciada!...". En una ocasión un monasterio fue objeto de una reprimenda por su causa. ¡El prior es un hombre ocupado, sabio, no dispone de un momento libre y, sin embargo, usted a cada momento exige que vaya a visitarla a sus aposentos! ¡Y si al menos le hiciera grandes donativos!... ¡Nunca, sin embargo, ha llegado a cien rublos lo que los monjes recibieron de usted!...

Por lo general, cuando la princesa se sentía importunada, ofendida o incomprendida... se echaba a llorar. También ahora, ocultando el rostro, rompió en un llanto infantil. El doctor quedó de pronto callado y la miró. Su rostro ensombreciose y se hizo más severo.

—Perdóneme, princesa —dijo—; me he dejado llevar por un mal sentimiento y eso es injusto.

Con una tosecita de azaramiento y olvidándose

de ponerse el sombrero, se alejó rápidamente de la princesa.

En el cielo centelleaban ya las estrellas y, seguramente, al otro lado del monasterio se alzaba la luna, pues el cielo estaba claro, transparente y tierno. Junto a la blanca tapia del monasterio volaban silenciosamente los murciélagos.

El reloj dio lentamente los tres cuartos de una hora; seguramente de las nueve. La princesa, puesta en pie, se dirigió lentamente hacia el portalón. Sentíase ofendida, lloraba... Parecíale que los árboles, las estrellas, los murciélagos, la compadecían, y que el reloj dejaba oír aquel sonido melódico sólo por mostrar su solidaridad con ella. Lloraba pensando en lo grato que sería recluirse para toda la vida en aquel monasterio... En los tranquilos anocheceres de verano pasearía silenciosa por sus alamedas, ofendida, injuriada, incomprendida de las gentes, teniendo sólo por testigos de sus lágrimas de mártir a Dios y al cielo estrellado. En la iglesia proseguía el oficio de las *vísperas*. La princesa se detuvo y prestó oído al canto... ¡Qué gratamente sonaba en el aire oscuro e inmóvil! ¡Qué dulce era llorar y sufrir bajo aquel canto! Al volver a sus aposentos contempló en el espejo los rastros de llanto sobre su rostro, y tras empolvar éste se sentó a cenar. Los monjes sabían que le agradaba el esturión escabechado, las pequeñas setas con vino de Málaga y los sencillos pastelitos de miel que dejan en la boca un gusto a ciprés y que siempre que venía le eran ofrecidos. Mientras comía las pequeñas setas y bebía el vino de Málaga la princesa se veía en sueños completamente arruinada y abandonada. Veía también cómo la traicionaban, cómo le hablaban brutalmente sus administradores, sus empleados y sus doncellas, a los que tantos favores hiciera... Todos los habitantes de la Tierra la atacaban, la maldecían, se mofaban de ella... Pero ella, renunciando a su título de princesa, al lujo y a la sociedad, se retiraba al monasterio, sin una palabra de reproche, a orar por sus enemigos que, de pronto, comprendiéndola, venían a pedirle perdón... ¡Ya era tarde, sin embargo!

Después de la cena, hincándose de rodillas ante la imagen, leyó dos capítulos del Evangelio. Después la doncella le hizo la cama y se acostó. Estirando sus miembros bajo la blanca cubierta, suspiró profundamente y dulcemente, como se suspira después de haber llorado; cerró los ojos y se quedó dormida...

Al despertarse a la mañana siguiente consultó su relojito. Eran ya las nueve y media. Sobre la alfombra extendida, al pie de su cama e iluminando tenuemente la habitación un rayo de luz que entraba por la ventana proyectaba una estrecha franja luminosa. Al otro lado de la negra cortina de la ventana bullían las moscas.

"Es temprano", pensó la princesa cerrando los ojos.

Mientras se estiraba y emperezaba en la cama, su encuentro de la víspera con el doctor y las ideas con que se había dormido volvieron a su mente: evocó a su marido, que vivía en Petersburgo; a sus administradores, doctores, vecinos, funcionarios conocidos... Una larga hilera de rostros familiares masculinos desfiló por su imaginación. Sonriose pensando en que si todas esas personas supieran penetrar en su alma y la comprendieran estarían a sus pies.

A las once y cuarto llamó a la doncella.

–Ayúdame a vestirme, Dascha –dijo lánguidamente–. Empieza por decir que enganchen los caballos. Tengo que ir a visitar a Klavdia Nikolaevna.

Cuando abandonó sus aposentos para ir a tomar asiento en el carruaje, la luz del día le hizo entornar la vista y una sensación de gozo, reír. El día era asombrosamente bello. Guiñando los ojos para poder fijarlos en los monjes que salían a despedirla y tras saludar afablemente con la cabeza, dijo:

–¡Adiós, amigos míos! ¡Hasta pasado mañana!

Sorprendiole agradablemente ver que entre los monjes se encontraba el doctor. El rostro de éste estaba pálido y severo.

–¡Princesa!... –dijo, quitándose el sombrero y con culpable sonrisa–. ¡Hace tiempo que la estoy esperando!... ¡Perdóneme, por el amor de Dios!... ¡Un mal sentimiento..., un sentimiento de venganza..., me impulsaba ayer, y por eso le dije tantos desatinos!... ¡Le pido perdón, en una palabra!

La princesa sonrió afectuosamente y le tendió la mano a besar. Él puso sus labios sobre ella y enrojeció. Siempre queriendo imitar al pajarito, la princesa se alzó ligera sobre el carruaje y saludó con la cabeza a su alrededor. Sentía el alma alegre, clara y tibia, y sabía que su sonrisa era en extremo cariñosa y blanda. Cuando el carruaje rodó hacia el portalón, así como después por el camino polvoriento, ante *isbas* y jardines, ante las largas filas de carros de peregrinos que se dirigían al monasterio, continuaba guiñando los ojos y sonriendo blandamente. Pensaba que el mayor y más elevado deleite está en dejar que en nosotros penetre la templanza, la luz y la alegría; en perdonar las ofensas y en repartir afables sonrisas a los enemigos. Los mujiks la saludaban a su paso; el carruaje se movía muellemente y bajo sus ruedas se alzaban nubes de polvo que arrastraba el viento hacia el trigo dorado, pareciéndole a la princesa que no era sobre los cojines de su carruaje sobre los que se balanceaba su cuerpo sino sobre las nubes, y que ella misma era una ligera y transparente nubecilla... "¡Qué dichosa soy! –murmuraba cerrando los ojos–. ¡Qué dichosa!..."

En el molino

José María Eça de Queiroz

I

Doña María de la Piedad era considerada en toda la villa como "una señora modelo". El viejo Núñez, jefe de Correos, siempre que se hablaba de ella decía con autoridad, acariciando los cuatro pelos de su calva:

–¡Es una santa! ¡Eso es lo que es!

La villa sentíase casi orgullosa de su belleza delicada y conmovedora; era una rubia de fino perfil, piel marfileña y ojos oscuros de un tono violeta, cuyo brillo sombrío y suave sombreaba más las largas pestañas. Vivía al final de la carretera, en una casa azul de tres miradores y era para la gente que por las tardes iba a dar una vuelta hasta el molino, un encanto siempre renovado verla a través de los cristales, entre las cortinas de gasa, inclinada sobre su costura, vestida de negro, seria y honesta. Pocas veces salía. El marido, más viejo que ella, era un paralítico, siempre en la cama, inutilizado por una dolencia de la columna; hacía años que no bajaba a la calle; lo divisaban a veces también en la ventana, mustio y baldado, agarrado al bastón, encogido en su bata, con una cara macilenta, la barba descuidada y un gorrito de seda hundido tristemente hasta el cuello. Los hijos, dos muchachitas y un chico, eran también enfermizos, creciendo poco y con dificultad, llenos de tumores en las orejas, llorones y melancólicos. La casa, por dentro, parecía lúgubre. Andaban de puntillas, porque el padre, en la excitación nerviosa que le producían los insomnios, se irritaba con el menor ruido; había sobre las cómodas algún frasco de botica, algún cacharro con cataplasmas de linaza; las mismas flores con que ella, en su arreglo y en su afán de frescor, adornaba las mesas se marchitaban en aquel aire cargado de fiebre, que no se renovaba nunca, a causa de las corrientes de aire; y era una tristeza ver siempre a alguno de los pequeños con un emplasto sobre la oreja o en una esquina del canapé, arrebujado entre mantas, con una amarillez de hospital.

María de la Piedad vivía así desde los veinte años. Incluso de soltera, en casa de sus padres, su existencia había sido triste. La madre era un ser desagradable y agrio; el padre, que frecuentaba las tabernas y los garitos, ya viejo, siempre borracho, los días que aparecía por su casa se los pasaba junto a la chimenea, en un silencio sombrío, fumando su pipa y escupiendo hacia las cenizas. Todas las semanas zurraba a su mujer. Y cuando Juan Coutiño pidió la mano de María, aun estando él ya enfermo, ella aceptó sin vacilar, casi agradecida, para salvar la casucha del embargo y no oír más los gritos de la madre, que la hacían temblar y rezar arriba, en su cuarto, donde la lluvia entraba por el tejado. No amaba a su marido, ciertamente, e incluso en la villa habían lamentado que aquel lindo rostro de Virgen María, aquella cara de hada, fuese a pertenecer a Juanito Coutiño,

que desde chico estaba paralítico. Coutiño, a la muerte
de su padre, quedó rico; y ella, acostumbrada por fin a
aquel marido malhumorado, que se pasaba el día arras-
trándose sombríamente desde la sala hasta la alcoba, se
habría resignado, en su temperamento de enfermera y de
consoladora, si sus hijos, al menos, hubieran nacido sa-
nos y robustos. Pero aquella familia que le nacía con la
sangre viciada, aquellas vidas tristes, vacilantes, que parecían pudrírsele entre las manos, a pesar de sus cuidados
afanosos, la abrumaban. A veces a solas, mientras cosía
corríanle las lágrimas por la cara: un cansancio de la vida
la invadía, como una niebla, oscureciendo su alma.

Pero si el marido la llamaba desde dentro, desesperado, o uno de los pequeños lloriqueaba, se secaba en
seguida los ojos y aparecía con su lindo rostro tranquilo,
pronunciando alguna palabra consoladora, arreglando
la almohada a uno, yendo a animar al otro, feliz en su
bondad. Toda su ambición era ver su pequeño mundo
bien cuidado, tratado con cariño. No tuvo nunca, desde
que se casó, una curiosidad, un deseo, un capricho; nada le interesaba en la tierra sino las horas de las medicinas y el sueño de sus enfermos. Todo esfuerzo le resultaba fácil cuando era para animarlos; aun siendo débil,
paseaba horas enteras llevando en brazos al pequeñín,
que era el más exigente, con las llagas que convertían sus
finos labios en una costra oscura; durante los insomnios
del marido no dormía ella tampoco, sentada junto a la
cama conversando, leyéndole las vidas de los santos,
porque el pobre baldado iba entregándose a la devoción.
Por la mañana estaba un poco más pálida, pero muy

bien arreglada, con su vestido negro, fresca, con los bandós brillantes, embelleciéndose para ir a dar las sopas de leche a los pequeños. Su única distracción era sentarse por la tarde a la ventana con su costura, mientras los niños, a su alrededor, jugaban tristemente en el suelo. El mismo paisaje que veía ella desde aquella ventana era tan monótono como su existencia: abajo, la carretera; luego, una ondulación de campos, una tierra mísera, plantada aquí y allá de olivos, y alzándose al fondo, una colina triste y pelada, sin una casa, un árbol, un humo de alquería que pusiera en aquel terreno solitario y pobre una nota humana y viva.

Viéndola así, tan resignada y tan sujeta, algunas señoras de la villa afirmaban que era beata, aunque nadie la encontraba en la iglesia, a no ser los domingos, con el niño mayor de la mano, todo pálido en su traje de terciopelo azul. En efecto, su devoción limitábase a aquella misa semanal. Su casa la ocupaba mucho para dejarse invadir por las preocupaciones del cielo; en aquel deber de buena madre, cumplido con amor, hallaba una satisfacción suficiente para su sensibilidad; no necesitaba adorar a los santos o enternecerse con Jesús. E incluso, instintivamente, pensaba que todo afecto excesivo consagrado al Padre Celestial, todo el tiempo gastado en prosternarse ante el confesionario o junto al altar, sería una cruel disminución de sus cuidados de enfermera; su manera de rezar era velar por aquellos hijos; y aquel pobre marido, clavado en una cama, dependiendo por entero de ella, contando sólo con ella, le parecía tener más derecho a su fervor que el otro, clavado en una cruz, ya que tenía para amarlo toda una eternidad. Aparte de lo cual, no había experimentado nunca esos sentimentalismos de alma triste que llevan a la devoción. Su larga costumbre de dirigir una casa de enfermos, de ser ella el centro, la fuerza, el amparo de aquellos inválidos la había hecho tierna, pero práctica, y así era ella quien administraba ahora la casa de su marido con un buen sentido regido por el afecto, una solicitud de madre cuidadosa. Tales ocupaciones bastaban para entretener su día; el marido, por otra parte, detestaba las visitas, el aspecto de las caras saludables, las conmiseraciones formularias, y transcurrían meses enteros sin que en casa de María de la Piedad se oyese ninguna voz extraña a la familia, a excepción de la del doctor Abilio, que la adoraba y que decía de ella con los ojos húmedos:

—¡Es un hada! ¡Es un hada!...

II

Por eso fue grande la excitación en la casa cuando Juan Coutiño recibió una carta de su primo Adrián anunciándole que llegaría a la villa dentro de dos o tres semanas. Adrián era un hombre célebre y el marido de María de la Piedad sentía un orgullo enfático por aquel pariente. Se había suscrito incluso a un diario de Lisboa sólo para ver su nombre en las noticias y en la crítica. Adrián era novelista, y su último libro, *Magdalena,* un estudio de mujer trazado con gran estilo, de un análisis delicado y sutil, lo consagró como un maestro. Su fama, que había llegado hasta la villa, en una vaguedad de leyenda, lo presentaba como una personalidad interesante, un héroe de Lisboa, amado por las damas de la nobleza, impetuoso y brillante, destinado a una elevada posición social. Pero, realmente, en la villa era, sobre todo, conocido por ser primo de Juan Coutiño.

Doña María de la Piedad se quedó aterrada con aquella visita. Veía ya su casa revuelta con la presencia del huésped extraordinario. Además, la necesidad de arreglarse más, de alterar las horas de la comida, de conversar con un literato ¡y tantos otros esfuerzos crueles!... Y la brusca invasión de aquel mundano, con sus maletas, el humo de su puro, su alegría de hombre sano en la triste paz de su hospital le daba la impresión empavorecida de una profanación. Por eso fue un alivio, casi un favor, cuando llegó Adrián y se instaló, muy sencillamente, en la antigua fonda del tío Andrés, al otro extremo de la villa. Juan Coutiño se escandalizó: tenía el cuarto del huésped preparado con sábanas de encajes, una linda colcha de damasco, plata sobre la cómoda, y quería tener todo para él, para el primo, para el hombre célebre, para el gran autor... Adrián, sin embargo, se negó.

—Yo tengo mis costumbres y vosotros tenéis las vuestras... No nos molestemos, ¿eh?... Lo que haré es venir aquí a comer. Además, no estoy mal en casa del tío Andrés... Veo desde la ventana un molino y una presa que componen un cuadrito delicioso... Quedamos amigos, ¿verdad?

María de la Piedad lo miraba asombrada: aquel héroe, aquel seductor por quien lloraban mujeres, aquel poeta glorificado por los periódicos, era un hombre sumamente sencillo, ¡mucho menos complicado, menos espectacular que el hijo del recaudador! Ni guapo era, y con su sombrero de ala ancha sobre una cara llena y barbuda, la chaqueta de franela cayendo a lo largo de un cuerpo robusto y pequeño y sus zapatones, parecíale uno de aquellos cazadores de la aldea que se encontraba a veces, cuando de mes a mes iba a visitar las haciendas del otro lado del río. Además, no hacía frases y la primera vez que fue a comer habló solamente, con gran campechanía, de sus negocios. Por ellos había venido. De la fortuna de su padre la única tierra que no estaba consumida, o abominablemente hipotecada, era la Curgossa, una hacienda junto a la villa, muy mal arrendada, por lo demás... Él quería venderla, pero ¡eso le parecía tan difícil como escribir la *Ilíada*!... Y lamentaba sinceramente ver al primo allí, inútil en una cama, sin poder ayudarle en las gestiones a realizar con los propietarios de la villa. Por eso oyó con gran alegría a Juan Coutiño decirle que su mujer era una administradora de primer orden, ¡hábil en aquellas cuestiones como un antiguo leguleyo!...

—María irá contigo a ver la hacienda, hablará con Téllez y te arreglará todo esto... ¡Y en la cuestión del precio, déjala a ella!...

—Pero ¡qué dotes, prima! —exclamó Adrián maravillado—. ¡Un ángel que entiende de números!

Por primera vez en su vida María de la Piedad se sonrojó oyendo a un hombre. Y se dispuso en seguida a ser abogada del primo...

Al día siguiente fueron a ver la hacienda. Como estaba cerca y era un día de marzo fresco y claro, marcharon a pie. Al principio, azorada por la compañía de aquel conquistador, la pobre señora caminaba junto a él con el aire de un pájaro asustado; a pesar de ser él tan sencillo, había en su figura enérgica y musculosa, en el rico timbre de su voz, en sus ojos pequeños y brillantes, algo que rebosaba fuerza, dominio, y que la sobrecogía. Habíasele enganchado en el borde de su vestido una rama de zarzal, y como él se inclinara para desprenderla delicadamente, el contacto de aquella mano blanca y fina de artista en el borde de su falda la molestó singularmente. Apresuró el paso para llegar pronto a la hacienda, avivar el asunto con Téllez y volver inmediatamente a refugiarse, como en su propio elemento, en el aire triste y ahogado de su hospital. Pero la carretera se extendía blanca y larga, bajo el sol tibio, y la conversación de Adrián la fue acostumbrando poco a poco a su presencia.

Se mostró él desolado por aquella tristeza de la casa. Le dio algunos buenos consejos: lo que los pequeños necesitaban era aire, sol, otra vida distinta de aquella sofocación de alcoba...

Ella también lo creía así, pero ¡qué le iba a hacer! El pobre Juan, siempre que se le hablaba de marcharse a pasar una temporada a la quinta, se afligía atrozmente; tenía horror al aire libre, a los amplios horizontes. La naturaleza bravía le hacía casi desmayarse; habíase convertido en un ser artificial, escondido entre las cortinas de la cama...

Él entonces la compadeció. Seguramente podrá existir alguna satisfacción en un deber tan santamente cumplido... Pero, en fin, ella debía tener momentos en que desearía otra cosa además de aquellas cuatro paredes impregnadas del vaho de la enfermedad...

–¿Qué más voy a desear yo? –dijo ella.

Adrián enmudeció: le pareció absurdo suponer que ella ansiara realmente el Chiado o el teatro de la Trinidad... Él pensaba en otros deseos, en las ambiciones del corazón insatisfecho... Pero le pareció tan delicado, tan grave de decir a aquella criatura virginal y seria, que habló del paisaje...

–¿Has visto ya el molino? –le preguntó ella.

–Tengo ganas de verlo, si quieres tú enseñármelo, prima.

–Hoy es tarde.

Convinieron en ir a visitar aquel rincón de verdor, que era el idilio de la villa.

En la hacienda, la larga conversación con Téllez creó un acercamiento mayor entre Adrián y María de la Piedad. Aquella venta, que ella discutía con astucia de aldeana, establecía entre ellos como un interés común. Le habló ella ya con menos reserva cuando volvieron. Había en las maneras de él, de un tierno respeto, una seducción que la llevaba, a su pesar, a confiarse, a entregarle su confianza; nunca habló tanto con nadie; a nadie mostró jamás aquella melancolía que vagaba constantemente en su alma. Además, sus quejas eran sobre el mismo dolor: la tristeza de su hogar, las enfermedades, tantos graves cuidados... Y sentía por él una simpatía, como un indefinido deseo de tenerlo siempre presente, desde que él se convertía así en depositario de sus tristezas.

Adrián volvió a su cuarto en la fonda de Andrés, impresionado, sintiendo interés por aquella criatura tan triste y tan dulce. Sobresalía ella en el mundo de las mujeres que hasta allí conociera como un perfil suave de ángel gótico entre fisonomías de mesa redonda. Todo en ella armonizaba deliciosamente: el oro del cabello, la dulzura de la voz, la modestia en la melancolía, la casta compostura creando un ser delicado y conmovedor, al que hasta su pequeño espíritu burgués y cierto fondo rústico de aldeana y una leve vulgaridad de costumbres prestaban encanto; era un ángel que vivía hacía mucho tiempo en un poblacho grosero y que estaba preso por muchos lados en las trivialidades del lugar; pero bastaría un soplo para hacerle remontar al cielo natural, a las puras cumbres del sentimentalismo...

Encontraba absurdo e infame hacer la corte a su prima... Pero pensaba sin querer en el delicioso goce de hacer palpitar aquel corazón que no estaba deformado por corsés y poner sus labios en una cara que no estuviera cubierta de polvos... Lo que lo tentaba sobre todo era pensar que podría recorrer todas las provincias de Portugal sin encontrar ni aquella línea de cuerpo ni aquella conmovedora virginidad de alma adormecida... Era una ocasión que no volvería a presentarse...

III

El paseo al molino fue encantador. Era un rincón de naturaleza digno de Corot, sobre todo a la hora del mediodía, en que fueron ellos, con la frescura del verde, a la sombra recogida de los grandes árboles, y toda clase de murmullos de agua corriente huyendo, brillando entre los musgos y las piedras, llevando y esparciendo por el aire el frío del follaje, de la hierba, por la que corría cantarina. El molino era altamente pintoresco, con su viejo edificio de piedra secular, su enorme rueda, casi podrida, cubierta de hierbas, inmóvil sobre la helada limpieza del agua oscura. Adrián lo encontró digno de una escena de novela o, mejor aún, de ser vivienda de un hada. María de la Piedad no decía nada pero encontraba extraordinaria aquella admiración por el molino abandonado del tío Costa. Como llegaba ella un poco cansada, se sentaron en una escalera de piedra, semiderruida, que hundía en el agua de la presa sus últimos escalones, y allí permanecieron un momento callados, en el encanto de aquel frescor rumoroso, oyendo piar a los pájaros en las ramas. Adrián la veía de perfil, un poco inclinada, agujereando con la contera de su sombrilla las hierbas agrestes que invadían los escalones; estaba deliciosa así, tan blanca, tan rubia, de una línea tan pura sobre el fondo azul del aire; su sombrero era de mal gusto; su manteleta, anticuada; pero él encontraba incluso en aquello una ingenuidad excitante. El silencio de los campos a su alrededor los aislaba, e insensiblemente él empezó a hablarle en voz baja. Era de nuevo la misma compasión por la tristeza de su existencia en aquella villa, también triste, por su destino de enfermera... Ella lo escuchaba con los ojos bajos, asombrada de encontrarse allí, tan sola, con aquel hombre tan robusto, toda temerosa y hallando un sabor delicioso a su temor... Hubo un momento en que él habló del encanto de quedarse allí para siempre; en la villa.

—¿Quedarte aquí? ¿Para qué? —preguntó ella, sonriendo.

—¿Para qué? Para esto, para estar siempre junto a ti...

La cubrió un rubor y se le escapó la sombrillita de las manos. Adrián temió haberla ofendido y añadió en seguida, riendo:

—¿Es que no sería delicioso?... Podría yo alquilar este molino, hacerme molinero... Tendrías tú, prima, que traerme tu parroquia...

Esto le hizo reír; estaba más bonita cuando reía; resplandecía todo en ella: los dientes, la piel, el color del pelo. Él continuó bromeando con su proyecto de hacerse molinero y de ir por la carretera conduciendo un burro cargado de sacos de harina.

—¡Pues vendré a ayudarte, primo! —dijo ella, animada por su propia risa, por la alegría de aquel hombre a su lado.

—¿Vendrías? —exclamó él—. ¡Te juro que me hago molinero! ¡Qué paraíso: nosotros aquí, los dos, en el molino ganándonos alegremente la vida oyendo cantar estos mirlos!

Ella enrojeció de nuevo ante el ardor de su voz y retrocedió como si fuese él ya a arrastrarla hacia el molino. Pero Adrián ahora, entusiasmado con aquella idea, le describía, con su palabra colorida, toda una vida novelesca, de una felicidad idílica, en aquel escondrijo de verdor: por la mañana temprano, a pie, hacia el trabajo; después, la comida en la hierba, a la orilla del agua, y por la noche, las buenas pláticas, sentados allí, a la claridad de las estrellas o bajo la sombra cálida de los negros cielos de verano...

Y de repente, sin que ella se resistiese, la cogió en sus brazos y la besó en los labios, con un solo beso profundo e interminable. Ella habíase quedado contra su pecho, blanca, como muerta, y dos lágrimas le corrían por la cara. Aparecía así tan dolorosa y débil que él la soltó; se levantó ella, recogió su sombrillita y permaneció ante él con los menudos labios temblorosos, murmurando:

—Está mal hecho..., está mal hecho...

Él también se sentía tan trastornado que la dejó bajar hacia el camino, y al poco rato seguían ambos, callados, hacia la villa. Sólo cuando estuvo en la fonda pensó él: "¡He sido un tonto!".

Pero en el fondo estaba contento de su generosidad. Por la noche fue a casa de ella; se la encontró con el pequeño en brazos, lavándole con agua de malva las heridas que tenía en la pierna. Y entonces le pareció odioso separar a aquella mujer de sus enfermos. Además, un momento como aquel, en el molino, no volvería. Sería absurdo quedarse allí, en aquel rincón odioso de una provincia, desmoralizando, en frío, a una buena madre... La venta de la hacienda estaba concertada. Por eso, al día siguiente, apareció por la tarde a decirle adiós; partía al anochecer en la diligencia. La encontró en la sala, en la ventana de costumbre, con los niños enfermizos cobijados entre sus faldas... Oyó que él se marchaba, sin cambiar de color, sin que su pecho jadease. Pero Adrián sintió la palma de su mano tan fría como un mármol, y cuando él salió, María de la Piedad se quedó vuelta hacia la ventana, mirando abstraída el paisaje que se oscurecía, con las lágrimas cayéndole de cuatro en cuatro sobre la costura...

Lo amaba. Desde los primeros días su rostro resuelto y fuerte, sus ojos brillantes, toda la virilidad de su persona se le habían grabado en la imaginación. Lo que le encantaba en él no eran su talento ni su celebridad en Lisboa ni las mujeres que lo habían amado; eso se le aparecía a ella confuso y poco comprensible; lo que la fascinaba era aquella seriedad, aquel aire honesto y sano, aquella robustez vital, aquella voz tan grave y rica; y presentía al otro lado de su existencia ligada a un inválido, otras existencias posibles, en las que no hay siempre ante los ojos una cara enflaquecida y moribunda, en que las noches no se pasan esperando las horas de los medicamentos... Era como una ráfaga de aire impregnado de todas las fuerzas vivas de la naturaleza, que cruzaba, de pronto, por su alcoba ahogada, y ella la respiraba con delicia... Además, había oído aquellas conversaciones en que él se mostraba tan bueno, tan serio, tan delicado, y a la pujanza de su cuerpo, que admiraba, uníase ahora un corazón tierno, de una ternura varonil y recia, para cautivarla... Aquel amor latente la invadió, se apoderó de ella una noche en que se le apareció esta idea, esta visión: *¡Si él fuese mi marido!* Toda ella se estremeció; apretó desesperadamente los brazos contra el pecho, como fundiéndose con la imagen evocada, aferrándose a ella, refugiándose en su fuerza... Después, él le dio aquel beso en el molino.

¡Y se había marchado!

IV

Entonces empezó para María de la Piedad una existencia de abandonada. De repente, a su alrededor todo le pareció lúgubre: la enfermedad del marido, los achaques de los hijos, las tristezas de su día, su costura... Sus deberes, ahora que no ponía en ellos toda su alma, éranle pesados como fardos injustos. Su vida se le presentaba como una desgracia excepcional: no se rebelaba aún, pero sentía esos abatimientos, esas súbitas fatigas de todo su ser, en que caía sobre la silla con los brazos colgantes, murmurando:

–¿Cuándo terminará esto?

Se refugiaba entonces en aquel amor como en una compensación deliciosa. Juzgándolo todo puro, todo del alma, dejábase penetrar por él y por su lenta influencia. Adrián se convertía en su imaginación en un ser de proporciones extraordinarias, en todo lo que es fuerte, bello y representa la razón de la vida. No quiso que nada de lo que era de él o de él venía le fuese ajeno. Leyó todos sus libros, sobre todo aquella *Magdalena,* que también amó, y que murió de abandono. Aquellas lecturas la calmaban, daban como una vaga satisfacción a su deseo. Llorando los dolores de las heroínas de novela parecía sentirse aliviada de los suyos.

Lentamente, aquella necesidad de henchir la imaginación con aquellos lances amorosos, con aquellos dramas desgraciados, se apoderó de ella. Y fue durante meses enteros un devorar constante de novelas. Íbase así creando en su espíritu un mundo artificial e idealizado. La realidad se le hacía odiosa, sobre todo bajo aquel aspecto de su casa, donde tenía siempre agarrado a sus faldas un ser enfermo. Surgieron las primeras rebeldías. Se volvió impaciente y áspera. No soportaba que la arrancasen de los episodios sentimentales de su libro para ir a ayudar a su marido a volverse y percibir su fétido aliento. Empezó a sentir asco de los frascos, de los emplastos, de las heridas de los niños, que debía lavar. Comenzó a leer versos. Se pasaba las horas sola, callada, en la ventana, teniendo bajo su mirada de virgen rubia toda la rebeldía de una apasionada. Creía en los amantes que escalan los balcones entre el canto de los ruiseñores, y quería ser amada así, poseída en el misterio de una noche romántica...

Su amor se desprendió poco a poco de la imagen de Adrián y se ensanchó; extendiose hacia un ser vago que estaba formado de todo lo que la encantaba en los héroes novelescos; era un ente medio príncipe y medio facineroso, que poseía, sobre todo, la fuerza. Pues era eso lo que admiraba, lo que quería: ansiaba, en las noches calurosas, durante las cuales no podía dormir, dos brazos fuertes como el acero que la estrechasen en un abrazo mortal, unos labios de fuego que, en un beso, le chupasen el alma. Era una histérica.

Algunas veces, junto al lecho del marido, viendo ante ella aquel cuerpo de tísico, en una inmovilidad de paralítico, sentía un odio torpe, un deseo de apresurar su muerte...

Y en medio de aquella excitación morbosa del temperamento irritado tenía debilidades súbitas, sustos de ave que se posa, gritos al oír un portazo, una palidez de desmayo si había flores muy olorosas en la sala... Por la noche se sofocaba; abría la ventana, pero el aire caluroso, el vaho tibio de la tierra abrasada por el sol la henchían de un intenso deseo, de un ansia voluptuosa, entrecortada por accesos de llanto...

La santa se convertía en Venus.

Y el mórbido romanticismo había penetrado tanto en aquel ser, desmoralizándolo tan hondamente, que llegó un momento en que hubiera bastado que un hombre la tocase para caer en sus brazos, y eso fue lo que sucedió al fin con el primero que la cortejó, dos años después. Era el practicante de la botica.

Por causa de él escandalizó a toda la villa. Y ahora deja la casa en desorden, los hijos sucios y pringosos, en andrajos, sin comer hasta horas avanzadas; al marido gimiendo abandonado en su alcoba; los trapos de los emplastos encima de las sillas, todo en un triste descuido, para ir detrás de ese hombre, un tunante odioso y puerco, de cara fofa y gordinflona, lentes sostenidos con una ancha cinta pasada por detrás de la oreja y una gorrita

de seda elegantemente ladeada. Va el individuo de noche a las entrevistas, con zapatillas de orillo; huele a su-
dor, y le pide dinero prestado para mantener a una tal
Juana, mujerona obesa, a la que llaman en la villa *Bola
de Sebo*.

La esfinge sin secreto

Oscar Wilde

Una tarde, sentado en la terraza del café de la Paix, contemplaba yo el esplendor y la miseria de la vida parisiense, y mientras tomaba mi vermut, me sorprendía curiosamente el extraño panorama de orgullo y de necesidad que desfilaba ante mí, cuando oí que, de pronto, me llamaban por mi nombre. Volví la cabeza y me encontré ante lord Murchison. No nos habíamos vuelto a ver desde que estuvimos juntos en el colegio, hacía ya unos diez años, de manera que me encantó la sorpresa de aquel encuentro, y nos estrechamos efusivamente las manos. En Oxford habíamos sido íntimos amigos. Bueno, animoso e íntegro, me fue muy simpático desde el primer momento. Sus compañeros y amigos decíamos con frecuencia de él que seguramente hubiera sido el camarada perfecto sin su manía de decir siempre la verdad, aunque creo realmente que aquella misma franqueza era la que hacía que lo admirásemos y quisiéramos tanto.

Lo encontré bastante cambiado. Parecía preocupado e inquieto, como si lo atormentase alguna duda secreta. Adiviné que la causa de aquello no se debía a este escepticismo moderno que echa a perder a medio mundo, pues Murchison era el más inmutable de los conservadores y creía en el *Pentateuco* con tanta firmeza como creía en la Cámara de los Pares. Por lo cual tuve que deducir que intervenía en aquello una mujer, y le pregunté si se había casado.

—No; no comprendo todavía lo suficiente a las mujeres —respondió.

—Mi querido Gerardo —le dije—, las mujeres han sido hechas para amarlas y no para comprenderlas.

—Yo no podría amar si no puedo tener confianza.

—¡Hum! Me parece que en tu vida debe de haber algún misterio de ese género, Gerardo. Cuéntame eso.

—Vamos a dar un paseo en coche; hay aquí demasiada gente —contestó Gerardo, poniéndose en pie—. No, no; ese coche amarillo, no... Del color que quieras, pero de ese, no... Aquel verde oscuro, por ejemplo.

Y unos minutos después bajábamos por el bulevar en dirección a la Magdalena.

—¿Adónde vamos? —pregunté.

—¡Oh!... A donde quieras —respondió él—. Al restaurante del Bols. Podemos quedarnos allí a cenar, y me contarás todo cuanto se refiera a tu vida.

—Antes quisiera que me contases algo de la tuya. De ese misterio, sobre todo.

Sacó él de su bolsillo un tarjetero de marroquí con cierre de plata, y me lo entregó. Lo abrí, naturalmente. Dentro había una fotografía de mujer. Era alta y esbelta, extrañamente pintoresca, con unos grandes ojos vagarosos y el pelo suelto. Su aspecto era el de una *clairvoyante*, el de una vidente, e iba envuelta en ricas pieles.

–¿Qué te parece esa cara?... –me preguntó Murchison–. ¿Inspira confianza?

La examiné con toda atención. Parecíame la cara de una persona que tiene un secreto; pero no hubiese podido decir si ese secreto era bueno o malo. Su belleza parecía forjada de varios misterios reunidos (belleza, en realidad, más bien psicológica que plástica), y la leve sonrisa que jugueteaba sobre sus labios era demasiado sutil para ser realmente seductora.

–Qué –volvió a preguntar Murchison con impaciencia–, ¿qué te parece?

–Pues que es la Gioconda... La Gioconda con pieles –respondí finalmente–. Cuéntame todo cuanto se refiera a ella.

–Ahora, no; después de cenar.

Y nos pusimos a hablar de otras cosas. Cuando el mozo nos hubo servido el café y los cigarrillos, recordé su promesa a Gerardo, y él, levantándose, dio dos o tres paseos por el reservado y, dejándose caer al fin en un sillón, me contó la siguiente historia:

–Una noche –comenzó– bajaba yo por la calle de Bond, cuando hubo una terrible colisión de carruajes que interrumpió el tráfico durante unos minutos. Junto a la acera había parado un pequeño Brougham amarillo, que, sin saber por qué, atrajo mi atención. Al pasar junto a él vi adelantarse para mirar hacia afuera la cara que antes te enseñé. En el acto me fascinó. Durante toda aquella noche y todo el día siguiente sólo pensé en ella. Me estuve paseando de arriba abajo por la calle de Bond, escudriñando todos los coches, en espera del

Brougham amarillo; pero no conseguí descubrir a *ma belle inconnue*, hasta el punto de que acabé por sospechar que todo ello había sido un sueño.

”Una semana después, aproximadamente, me hallaba en casa de madame de Rastail, que me había invitado a cenar. La comida debía comenzar a las ocho; pero eran ya las ocho y media y seguíamos todos esperando en el salón. Por fin, el criado abrió la puerta y anunció a lady Alroy. Era la mujer que había estado yo buscando. Entró pausadamente; parecía resplandecer como un rayo de luna en su vestido de encaje gris, y con inmensa alegría fui el designado para darle el brazo hasta el comedor y sentarme a su lado. Ya acomodados, le dije con la mayor inocencia:

”–Me parece que la vi a usted pasar la otra noche por la calle de Bond, lady Alroy.

”Palideció intensamente, y me dijo en voz baja:

”–Le ruego que no hable usted tan alto; podrían oírle.

”Consternado ante mi mal comienzo, me lancé, sin saber lo que decía, a hablar sobre el teatro francés. Ella hablaba muy poco, y siempre con aquella voz baja y musical como si temiera que alguien la escuchase. Me sentí apasionada y estúpidamente enamorado, excitada hasta lo indecible mi curiosidad por aquella indefinible atmósfera de misterio que la rodeaba. Al ir a marcharse, cosa que hizo poco después de concluida la cena, le pregunté si me permitía ir a su casa a visitarla. Vaciló un instante, miró alrededor, como para comprobar que nadie nos oía, y me dijo entonces:

"–Sí; mañana, a las cinco menos cuarto.

"Como supondrás, rogué a madame de Rastail que me diera detalles sobre lady Alroy; pero todo lo que me pudo decir es que era viuda y tenía una hermosa casa en Park-Lane. Y aprovechando que en aquel momento un pelma científico iniciaba una disertación sobre las viudas, desarrollando la tesis de la supervivencia de los más aptos, me despedí y regresé a mi casa.

"Al día siguiente, con toda puntualidad, llegué a Park-Lane, pero el mayordomo me dijo que lady Alroy acababa precisamente de salir. Desconsolado y sorprendido, me fui al club, y después de maduras reflexiones le escribí una carta rogándole que me permitiese probar si otra vez era más afortunado. Pasaron varios días sin obtener respuesta; pero al fin recibí un tarjetón en el que ella me comunicaba que el domingo siguiente estaría en su casa a las cuatro, y traía el siguiente extraordinario *post-scriptum*: 'Le ruego que no vuelva a escribirme aquí; ya le explicaré esto cuando nos veamos'.

"El domingo me recibió y estuvo encantadora; pero cuando iba a retirarme me rogó que si se me ocurría escribirle de nuevo, lo hiciese dirigiendo mi carta a la señora Knox, Biblioteca Circulante Whittaker, en Green-Street.

"–Tengo ciertas razones –añadió– que me impiden recibir cartas en mi propia casa.

"Durante toda la temporada la vi muy a menudo, siempre en aquella atmósfera de misterio que la rodeaba. A veces pensé que ella se encontraba en poder de algún hombre; pero parecía, por otra parte, tan inaccesible, que desechaba aquella hipótesis. Realmente, érame casi imposible llegar a ninguna conclusión, pues aquella mujer se parecía a esos cristales expuestos en los museos que son transparentes unas veces y opacos otras. Por último, me decidí a pedir su mano. Estaba harto de aquellas incesantes precauciones y misterios que imponía a mis visitas y a las pocas cartas que le dirigía. Por eso le escribí a la librería circulante preguntándole si podía recibirme el lunes siguiente a las seis de la tarde. Me contestó que sí, y confiado en mi triunfo, me sentí transportado hasta el quinto cielo. En realidad, estaba enamorado locamente de ella a pesar de todo aquel misterio o a causa de él, como veo ahora con claridad. No era a ella misma a quien yo amaba. Lo que me turbaba y me hacía perder la cabeza era aquel misterio. ¿Por qué la casualidad me puso sobre la pista?

—Entonces, ¿lo descubriste? —lo interrumpí.

—Mucho me lo temo —contestó Gerardo—; juzga por ti mismo. Llegado el lunes, almorcé con mi tío, y alrededor de las cuatro estaba en la calle de Marylebone. Mi tío vive, como sabes, en Regent's Park. Deseando llegar cuanto antes a Piccadilly pensé acortar, pasando por unas callejuelas miserables. Cuando, de repente, vi delante de mí a lady Alroy, tapado el rostro con un velo tupido y andando muy de prisa. Al llegar a la última casa del callejón subió los escalones y ante la puerta sacó de su bolsillo una llave, abrió y entró, cerrando después.

"'Éste es el misterio', me dije, adelantándome para ver el aspecto de la casa. Parecía una especie de casa de huéspedes, o, mejor dicho, uno de esos hoteles en que se alquilan habitaciones amuebladas. En el umbral de la puerta estaba el pañuelo de ella que había dejado caer, sin duda, y que yo recogí; lo guardé en mi bolsillo. Entonces pensé en lo que debía hacer. Y llegué a la conclusión de que no tenía derecho alguno a espiarla; así, pues, tomé un coche y me dirigí al club. A las seis me presenté en su casa. Me recibió tumbada en un sofá con su vestido de tisú de plata, bordado con esas extrañas piedras lunares que solía llevar. Estaba realmente deliciosa.

”–Me alegro mucho de verlo –me dijo–; no he salido de casa en todo el día.

”La miré estupefacto, y, sacando el pañuelo de mi bolsillo, se lo di.

”–Se le ha caído a usted esta tarde en la calle de Cumnor, lady Alroy –le dije con gran tranquilidad.

”Me miró con terror; pero no hizo el menor movimiento para coger el pañuelo.

”–¿Qué iba usted a hacer allí?... –le pregunté.

”–¿Y qué derecho tiene usted para interrogarme? –replicó ella.

”–El derecho de un hombre que la ama –le dije–; he venido para rogarle que sea mi esposa.

”Escondió el rostro entre sus manos y se echó a llorar.

”–Debe usted contestarme –añadí.

”Pero ella se levantó, y, mirándome cara a cara, replicó:

”–No tengo nada que decirle, lord Murchison.

”–Ha ido usted allí a veces con un hombre –exclamé–; ése es el misterio.

"Palideció ella atrozmente y me dijo:

"–No he ido a ver a nadie.

"–¿No quiere usted decirme la verdad? –exclamé.

"–Pero ¡si la he dicho! –replicó

"Yo estaba loco, angustiado. No sé lo que dije; pero sí que debe de ser algo terrible. Por último, me fui de su casa precipitadamente. Al día siguiente me escribió; pero le devolví su carta sin abrir, y embarqué para Noruega con Alan Colville. Regresé al cabo de un mes y lo primero que vi en el *Morning Post* fue la noticia de la muerte de lady Alroy. Había cogido un enfriamiento al salir de la Ópera, falleciendo a los cinco días de una congestión pulmonar. Desesperado, me encerré en casa, sin querer ver a nadie. La había amado tanto, tan locamente... ¡Dios mío, cómo había amado a aquella mujer!

–¿Y no volviste al callejón y a la casa aquellos? –le pregunté.

–Sí –me contestó–. Un día fui a la calle de Cumnor. No pude menos de hacerlo. La duda me atormentaba. Llamé, y una mujer de aspecto respetable me abrió la puerta. Le pregunté si tenía algún cuarto para alquilar.

"–Sí, caballero; hay un cuarto libre. Lo tenía alquilado una señora; pero como hace tres meses que no ha venido por aquí y ha pasado ya el plazo correspondiente a la cantidad que me dejó en depósito le conviene a usted...

"–¿Se refiere usted a esta señora? –le pregunté, enseñándole la fotografía.

"–Sí; es la misma, ¡no hay duda! –exclamó la mujer–. ¿Sabe usted cuándo volverá?

"–Ha muerto –contesté.

”–¡Pobre!... –replicó compasivamente aquella mujer–. Era mi mejor inquilina. Me pagaba tres guineas a la semana sólo por venir a pasar a este cuarto algún rato que otro y estarse aquí sin hacer nada.

”–¿Y no recibía aquí a nadie? –pregunté.

”Pero la mujer me aseguró firmemente que no, que iba siempre sola y no veía a nadie.

”–Entonces, ¿a qué demonios venía aquí? –exclamé.

”–Pues, sencillamente, a sentarse en este gabinete, a leer un rato y a tomar el té algunos días –me confesó la mujer.

”Yo no sabía qué decir; le di un soberano de propina y me marché. Y ahora dime: ¿qué significaba todo aquello? ¿Crees que la dueña me dijo la verdad?

–Así lo creo.

–Entonces, ¿a qué iba lady Alroy a aquella casa?

–Mi querido Gerardo –le contesté–. Lady Alroy era, sencillamente, una mujer con la manía del misterio. Alquiló aquel cuarto por el placer de ir allí a escondidas creyéndose la heroína de una novela. Sentía una loca pasión por el secreto; pero era sencillamente una esfinge... sin secreto.

–¿Es esa realmente tu opinión?

–Estoy convencido de ello –respondí.

Gerardo sacó de nuevo el tarjetón de marroquí, lo abrió y estuvo contemplando largo rato la fotografía.

–¿Quién sabe? –dijo finalmente.

Miss Harriet

Guy de Maupassant

I

Éramos siete en el *break*: cuatro mujeres y tres hombres; uno iba en el pescante junto al cochero: los caballos ganaban al paso la empinada pendiente sobre la cual serpenteaba el camino.

Habiendo salido de Etretat muy temprano para ir a ver las minas de Tancarville, nos desperezábamos aun estremecidos, respirando el aire fresco de la mañana. Sobre todo las mujeres, poco acostumbradas a los madrugones de los cazadores, cerraban a cada punto sus párpados, cabeceando y bostezando, insensibles a la emoción del amanecer.

Era en otoño. A uno y otro lado del camino extendíanse los rastrojos, mostrando los tallos del trigo y de la avena segados, como una barba mal afeitada. La bruma, baja, parecía humo desprendido de la tierra. Las alondras piaban revoloteando, y otros pajarillos cantaban ocultos entre los matorrales.

Al fin el sol apareció en el horizonte, rojo al principio y, a medida que ascendía, más claro de minuto en minuto; la campiña parecía despertarse y sonreír, sacudiéndose y quitándose la camisa de vapores blancos.

El conde de Etraille, sentado en el pescante, gritó:

–¡Ahí va una liebre!

Y extendió los brazos hacia la izquierda, señalando a un campo de trébol. El animal se deslizaba, casi oculto por el verde, mostrando sólo sus grandes orejas; luego atravesó una tierra labrada, se detuvo, emprendió nuevamente su rápida marcha, cambió de rumbo, parose otra vez, inquieto; observaba los peligros, indeciso acerca del camino que debía tomar; al fin se lanzó a correr, desesperado, y desapareció en un ancho campo de remolachas. Todos los hombres se animaron viendo la carrera loca del animalito.

René Lemanoir exclamó:

–No pecamos de galantes por la mañana –y contemplando a su vecina la baronesa de Serennes, que luchaba contra el sueño, le dijo a media voz–: No se preocupe de su marido, baronesa. Tranquilícese; no vuelve hasta el sábado. Aún le quedan a usted cuatro días.

Ella respondió, esforzándose para sonreír:

–¡Que tonto es usted! –y sacudiendo la modorra, prosiguió–: Cuente algo para entretenernos. O usted, Chenal, a quien se atribuyen más conquistas venturosas que al duque de Richelieu, cuéntenos una historia de amor, algo que le haya sucedido, lo que guste.

León Chenal, un pintor viejo, que había sido buen mozo guapetón, fuerte, orgulloso de su figura y muy favorecido por las mujeres, acariciándose la barba luenga y canosa, y sonriendo, reflexionó algunos instantes; de pronto, dijo seriamente:

—No es una historia divertida; voy a referir el más lamentable amor de mi juventud. Y no deseo a mis amigos que inspiren jamás otro semejante.

Tenía yo entonces veinticinco años y andaba pintando por las costas normandas, vagabundo, con los trebejos al hombro, de mesón en mesón. Esa vida errante a través de la Naturaleza es lo más delicioso que puede gozarse. Libre, sin trabas de ninguna especie, sin cuidados y sin preocupaciones, sin pensar siquiera en el mañana. Se toma el camino que parece más agradable, sin más consejero que el encanto de los ojos. Nos detiene un arroyo que seduce con su frescura, o el olor de patatas fritas a la puerta de una posada. Tal vez un perfume de clemátide, o la mirada inocente de una moza, deciden nuestro rumbo. No despreciéis tan rústicas ternezas. Las mujeres del campo también tienen corazón, alma y sentidos, mejillas rosadas y frescos labios, cuyos besos resultan sabrosos como fruta silvestre. Venga de donde venga, el amor siempre nos encanta. Un corazón que palpita cuando os presentáis, unos ojos que lloran cuando os despedís, son cosas tan agradables, tan dulces, tan preciosas, que nunca deben despreciarse.

Conocí las citas en sotillos cuajados de violetas, detrás del establo donde duermen las vacas y sobre los pajares que aún conservaban el calor del sol. Guardo recuerdos muy dulces de telas bastas que cubrían carnes duras, de inocentes y brutales caricias, más delicadas y

sinceras que los placeres estudiados, ofrecidos por mujeres encantadoras y distinguidas.

Pero lo que más agrada en esas divagaciones al azar
es el campo. El amanecer, el bosque, los crepúsculos; y
las noches de luna son para los pintores como un viaje
de novios con la Naturaleza, sólo con ella, en largas y si-
lenciosas entrevistas. Así, tumbado entre margaritas y
amapolas mientras el sol baña la tierra, se descubre una
aldea, y en el puntiagudo campanario resuena el toque
de oración.

Se descansa junto a un manantial que brota al pie
de una encina, entre hierbas delgadas, altas, relucientes,
fecundas. Arrodillado, inclinándose, se bebe agua fresca
y cristalina que moja el bigote y la nariz; se bebe con ansia, como besando a la fuente labio a labio. A veces,
cuando se descubre un hoyo en esos arroyuelos, el cuerpo desnudo se baña, sintiendo sobre la piel, desde la cabeza hasta los pies, como una caricia helada y deliciosa,
el estremecimiento de la corriente viva y ligera.

Se alegra el alma en las cumbres, y languidece con
melancolía junto a los estanques; exáltase cuando se su-
merge el sol en un océano de nubes rojizas, lanzando sobre las aguas reflejos de sangre. Y de noche, bajo la luna,
se sueñan mil cosas que no asaltarían la imaginación en
pleno día.

Así vagando por esta misma tierra, llegué una vez a
Benoiville, un pueblecito situado entre Yport y Etretat.
Había salido de Fécamp siguiendo la costa, la costa ro-
quera y lisa como una muralla, con salientes sobre el mar.
Anduve toda la mañana sobre el césped fino y suave co-

mo una alfombra, que junto al abismo crece oreado por los aires marinos. Y cantando alegremente, ya contemplaba el majestuoso y lento vuelo de una gaviota, cuyas alas blancas destacaban en el cielo azul, ya la vela oscura de una barca de pesca dibujándose sobre la superficie verde del mar; pasé un día feliz, despreocupado y libre.

Me dieron razón de una casa de labranza donde admitían huéspedes, especie de posada, regida por una campesina, en medio de un corralón normando rodeado por una doble fila de hayas.

Abandonando la costa, me acerqué al caserío, casi oculto entre los árboles, y me presenté en casa de la señora Lecacheur.

Era una vieja campesina, arrugada, ceñuda, que parecía recibir a los huéspedes contra su gusto, con una especie de desconfianza.

Corría el mes de mayo; los manzanos floridos cubrían el corral con sus perfumadas copas, derramando sus pétalos rosados en continua lluvia, cayendo sobre la hierba.

Pregunté al llegar:

—Dígame, señora Lecacheur: ¿tiene usted habitación para mí?

Asombrada al oírme llamarla por su nombre como si la conociese, me respondió:

—Según sea; lo tengo todo alquilado. Pero, si usted quiere, podremos verlo.

En cinco minutos nos convinimos, y dejé mi saco en el suelo terroso de una habitación rústica, amueblada con una cama, dos sillas, una mesa y un lavabo. Comunicaba con la cocina, grande, ahumada, donde los huéspedes, cuando los había, comían con los jornaleros de la casa y con la patrona, que era viuda.

Me lavé las manos y salí. La vieja estaba asando un pollo en el hogar, donde colgaba la cadena cubierta de hollín.

—¿Tiene forasteros ahora? —pregunté.

Y me respondió con displicencia:

—Tengo a una señora, una inglesa de "cierta edad"; ocupa el otro cuarto.

Conseguí, pagando veinticinco céntimos de aumento, que me permitieran comer solo en el patio, los días que fueran buenos.

Me sirvieron el cubierto junto a la puerta, y empecé a destrozar con los dientes la carne flaca del pollo normando, bebiendo sidra clara y comiendo pan duro, pero excelente.

De pronto el portillo de madera que daba al camino abriose, y una extraña figura se dirigió hacia la casa. Era muy delgada, muy alta, envolviéndose de tal modo en un chal escocés a cuadros rojos, que se la hubiera creído privada de brazos, a no asomar una larga mano a la altura del muslo, sosteniendo una sombrilla blanca. Su rostro de momia, rodeado por bucles de cabello gris, que oscilaban a cada paso, se me apareció como un arenque de cuba que se hubiese adornado con rizos. Pasó delante de mí deprisa y bajando los ojos; luego desapareció en el interior de la casa.

Aquella singular figura me hizo gracia: era seguramente mi vecina, la inglesa de "cierta edad", de quien me hablaba la patrona.

No volví a verla en todo el día. Al siguiente, habiéndome acomodado para pintar en el fondo del hermoso valle que todos ustedes conocen y que se prolonga hasta Etretat, descubrí, levantando los ojos, algo singular, erguido sobre una cresta del collado; parecía un mástil empavesado. Era ella. Viéndome, desapareció.

Volví a la casa a mediodía y me senté a almorzar en la mesa de la cocina para entablar amistades con aquella figura original. Pero no contestó a mis cumplidos, insensible a mis atenciones. Le llené la copa de agua, ofreciéndole los platos para que se sirviera. Con una suave inclinación de cabeza, casi imperceptible, y una palabra inglesa pronunciada tan bajo, que no la entendí, quedé contestado.

No volví a ocuparme de mi vecina, pero seguía pensando en ella.

A los tres días la señora Lecacheur me había contado cuanto sabía de la inglesa.

Se llamaba miss Harriet. Buscando un oculto caserío para pasar el verano, se había detenido en Benoiville mes y medio antes que yo, y no parecía dispuesta a marcharse. No hablaba nunca en la mesa, comía deprisa y leyendo algún libro de propaganda protestante; regalaba muchos libritos de esos a todo el mundo. Hasta el señor cura había recibido cuatro por conducto de un muchacho, al cual daba la inglesa diez céntimos por cada recado. Algunas veces decía a la patrona, de pronto, sin que nada preparase esta declaración:

—Amo a Dios sobre todas las cosas; lo admiro en todas sus obras, lo adoro en toda la Naturaleza y lo llevo siempre en mi corazón.

Y dicho esto, entregaba a la campesina, sorprendida, un librito de los destinados a convertir el Universo.

En el pueblo no la estimaban. Habiéndola clasificado de atea el maestro, pesaba sobre la inglesa un desprecio general. El cura, consultado por la señora Lecacheur, respondía:

—Es una hereje; Dios no quiere la muerte del pecador; yo la juzgo persona de una moralidad irreprochable.

Estas palabras "atea", "hereje", cuyo significado preciso no se conocía en el pueblo, llenaban de dudas las almas sencillas de los campesinos. Además, aseguraban que la inglesa era rica y que había pasado toda su vida recorriendo el mundo, porque su familia la echó de su casa. ¿Por qué su familia la echó de su casa? Por su impiedad, naturalmente.

Era, en verdad, una exaltada por los principios, una puritana obstinada, como sólo en Inglaterra se producen, una de esas bondadosas e insoportables solteronas que frecuentan las fondas y posadas de toda Europa, deslucen a Italia, envenenan a Suiza, hacen imposibles las más hermosas ciudades del Mediterráneo, llevan a todas partes sus estrambóticas manías, sus costumbres de vestales petrificadas, sus tocados indescriptibles y un cierto olor a caucho como si de noche las encerraran en un estuche.

Cuando tropezaba en un hotel con una de esas mujeres yo huía como los pájaros que ven un espantajo en un sembrado.

Aquélla, sin embargo, me parecía tan singular que no me disgustaba.

La señora Lecacheur, hostil por instinto a todo lo que no era campesino, sentía en su alma limitada una especie de odio hacia las maneras extáticas de la solterona. Y había encontrado una expresión para calificarla, una expresión despreciativa seguramente, que asomó no sé cómo a sus labios, provocada por no sé qué misterioso esfuerzo de su inteligencia. La llamaba "la endemoniada". Y esta expresión, refiriéndose a la mujer austera y sentimental, me parecía irresistiblemente irónica. Yo tampoco la llamaba más que "la endemoniada", sintiendo cierta delicia cuando al verla pronunciaba en voz alta el apodo.

Pregunté a la señora Lecacheur:

–¿Qué hace hoy nuestra "endemoniada"?

Y la campesina me respondió, indignadísima:

–¿Creerá usted que ha recogido un sapo, al cual había pisado una pata, que lo ha llevado a su habitación y que lo ha dejado en su jofaina, poniéndole una venda como a una persona herida? ¡Qué profanación!

Otra vez, paseando por la costa, había comprado un hermoso pez que acababan de pescar, sin más objeto que devolverlo nuevamente al agua, y el marinero, aun cuando cobró espléndidamente, llenola de improperios y de insultos, más exasperado que si la pobre mujer le hubiese robado el dinero del bolsillo; al cabo de un mes, aún no podía recordar aquello sin enfurecerse y sin disparatar, vomitando ultrajes. ¡Oh! Sí, era seguramente una endemoniada miss Harriet; la señora Lecacheur había estado verdaderamente inspirada cuando la bautizó así.

El mozo de cuadra, al que llamaban Zapador porque había servido en el ejército de África, abrigaba otras opiniones. Decía con intención maliciosa:

—Es una vieja que ha hecho de las suyas.

¡Si la pobre solterona lo hubiera sabido!

La criada, Celestina, le servía siempre a disgusto, sin que yo acertase a comprender por qué. Acaso únicamente porque miss Harriet era extranjera, de otra raza, de otra lengua, de otra religión. ¡Era positivamente una endemoniada!

Todo el día vagaba por el campo, tratando de adorar a Dios en la Naturaleza. Yo la encontré una tarde, arrodillada sobre un zarzal. Distinguiendo algo rojo entre las hojas, aparté unas ramas, y miss Harriet se levantó muy avergonzada de que la hubiera descubierto, y fijando en mí sus ojos asustados, como los de un búho sorprendido en pleno día.

Algunas veces, cuando yo trabajaba en las rocas, la veía de pronto en la costa, semejante a una señal del semáforo, contemplando el ancho mar dorado por la luz, y el inmenso cielo encendido como una hoguera. A veces la descubría en lo más hondo de una cañada, caminando muy de prisa, con su paso elástico de inglesa, y me acercaba entonces a ella, movido no sé por qué curiosidad, sólo para ver su rostro iluminado, su rostro seco, indescriptible, bañado en un placer interior y profundo.

Con frecuencia la encontraba junto a una casa de labranza, sentada sobre la hierba y a la sombra de un manzano, con su librejo bíblico abierto sobre las rodillas y la mirada flotando a lo lejos.

Porque yo tampoco me iba de allí, sujeto a aquel terruño plácido y tranquilo por mil lazos amorosos que me unían a sus dulces paisajes. Me sentía satisfecho en aquel rincón ignorado, lejos de todo, cerca de la tierra, de la bondadosa, de la sana, de la verde tierra que todos fertilizaremos con nuestro cuerpo algún día. Y acaso también, fuerza es confesarlo, una pequeña curiosidad me retenía en casa de la señora Lecacheur. Yo deseaba conocer algo de la extraña miss Harriet y descubrir lo que pasa en las almas solitarias de las errantes solteronas inglesas.

II

Intimamos al fin de un modo singular. Yo acababa un estudio que me parecía muy atrevido, y lo era, en efecto. Algunos años más tarde alcanzó un precio de quince mil francos. Era tan sencillo como dos y dos son cuatro y exento de todas las reglas académicas. Toda la parte izquierda del lienzo representaba una roca, una enorme roca rugosa, cubierta de algas pardas, amarillas y rojas, sobre las cuales deslizábase el sol como aceite. La luz sin que apareciera el astro, oculto detrás de mí, caía sobre la piedra y la doraba con su fuego. No había más; un primer término de claridad deslumbradora: inflamado, soberbio. A la derecha, el mar; verdusco, lechoso, bajo un cielo también recargado.

Yo estaba tan satisfecho de mi obra, que brincaba de gusto cuando iba con ella de regreso para mi posada.

Hubiera deseado que la contemplara en aquel instante el mundo entero. Recuerdo que la enseñé a una vaca, al borde del camino, diciéndole:

—Mira esto: no verás con frecuencia cosas parecidas.

Llegando a la casa, llamé a gritos a la señora Lecacheur, vociferando:

—¡Eh, patrona, patrona! Salga usted en seguida y quítese las telarañas de los ojos para ver esto.

La campesina salió, contemplando mi obra con ojos estúpidos, que no distinguían nada, que no sabían siquiera si aquello representaba un buey o una cabaña.

Miss Harriet entraba, pasando detrás de mí en el momento en que yo presentaba el lienzo para enseñárselo a la patrona. La "endemoniada" no pudo dejar de verlo, porque yo cuidaba de colocarlo de manera que no escapase a su vista. Miss Harriet se detuvo en seco, sobrecogida, estupefacta. Era su roca, según creo, la roca donde solía subir para soñar a su gusto.

Murmuró un "¡Aoh!" británico tan acentuado y tan halagador que me volví hacia ella sonriendo, y dije:

—Es mi último estudio, señorita.

Ella murmuró, extasiada, cómica y tiernamente:

—¡Oh, señor! Usted interpreta la Naturaleza de un modo palpitante.

Me ruboricé, a fe mía, más conmovido por aquel elogio que si me lo hiciese una reina. Me sedujo, me conquistaba, me vencía. Le hubiera dado un beso. ¡Palabra de honor!

Me senté a su lado en la mesa, como siempre. Por

vez primera me habló, como si continuara en voz alta su pensamiento.

–¡Ah! Yo adoro la Naturaleza.

Le ofrecí pan. Le serví agua y vino. Aceptaba mis atenciones con una sonrisita de momia. Y comencé a hablar del paisaje.

Terminada la comida, y habiéndonos levantado a un tiempo, anduvimos a través del corral; luego, atraído, sin duda, por el incendio formidable que el sol poniente reflejaba en el mar, abrí el portillo que daba hacia la costa, y salimos juntos, como dos personas que acaban de comprenderse y de compenetrarse. Era una tarde templada y dulce; una de esas tardes bienhechoras en que la carne y el espíritu se sienten dichosos. El aire tibio y embalsamado, lleno de los olores de las hierbas y de las algas, acariciaba el olfato con sus perfumes silvestres, acariciaba el paladar con su sabor marítimo, acariciaba el alma con su dulzura penetrante. Caminábamos por el borde del abismo, sobre un mar anchuroso que removía sus pequeñas ondas a cien metros de profundidad; y absorbíamos, con la boca entreabierta y el pecho dilatado, la fresca brisa que después de atravesar el océano acariciaba nuestra piel: brisa lenta y salada, porque había recibido el beso de las olas.

Envuelta en su chal a cuadros, con la expresión de inspirada y mostrando los dientes, la inglesa contemplaba cómo el sol, enorme, se hundía en el mar. Ante nosotros, lejos, muy lejos, en la línea del horizonte, un barco de tres palos cubierto de velas dibujaba su contorno sobre un cielo inflamado, y otro barco, de vapor, más pró-

ximo, pasaba lanzando una columna de humo que dejaba, como una nube oscura, un rastro en el cielo.

El globo rojo descendía constante y lentamente.
Llegó a tocar el agua detrás del barco de vela, el cual
apareció inmóvil como en un cuadro de fuego, sobre el
astro deslumbrador, que se hundía poco a poco devora-
do por el mar. Aquello acabó. Sólo el barco de vela seguía ofreciendo su perfil sobre un cielo dorado.

Miss Harriet contemplaba con ojos apasionados el
fin majestuoso del día, sintiendo un deseo inmoderado
de abarcar el cielo, el mar, el horizonte.

Murmuró:

—¡Aoh! He querido..., he querido..., he querido...

Una lágrima humedeció sus párpados. Luego prosiguió:

—... ¡ser un pájaro y volar hacia el firmamento!

Y seguía en pie, rígida, como la vi tantas veces en
la costa envuelta en su chal purpurino. Me dieron ganas
de hacer un apunte de aquella figura en mi álbum. Hubiera parecido la caricatura del éxtasis.

Volví la cabeza para que no me viera sonreír.

Luego seguí hablándole de pintura, como hablaría
con un camarada, indicando los tonos, las energías, el
vigor; con los términos del oficio. Ella escuchaba muy
atenta, comprendiendo, tratando, cuando menos, de
adivinar el oscuro sentido de las palabras y penetrar en
mis ideas. De cuando en cuando murmuraba:

—¡Oh! Lo he comprendido, lo he comprendido.
Era muy palpitante.

Regresamos.

Al día siguiente, en cuanto me vio, acercose para tenderme la mano. Y nos hicimos amigos.

Era una interesante criatura, que tenía una especie de resortes en el alma que la obligaban a manifestar a saltos sus emociones. Le faltaba el equilibrio, como a todas las solteras de cincuenta años. Parecía confitada en una inocencia agriada; pero había conservado en el corazón algo muy joven, algo inflamable aún. Adoraba la Naturaleza y sentía por los animales un afecto exaltado, como el fermento de un vino de muchos años, como una derivación del amor sensual que no había dado a los hombres.

Es cierto que la presencia de una perra dando de mamar a sus cachorros, de una burra comiendo en el prado con su pollino entre las piernas, de un nido de pájaros con las crías piando, con el pico abierto, la cabeza enorme y el cuerpo desnudo, hacíanla palpitar con emociones exageradas.

¡Pobres criaturas solitarias, errantes y tristes, de las fondas y hosterías! ¡Pobres criaturas ridículas y lamentables! ¡Me inspiráis amor desde que pude conocer a aquélla!

Pronto comprendí que deseaba decirme algo, pero no se atrevía, y para mí era un motivo de gozo su timidez. Cuando yo salía de mañana con mi caja al hombro, ella me acompañaba un rato, silenciosa, con ansia visible y buscando palabras para comenzar. Luego se apartaba de mí bruscamente y se iba de prisa, con el balanceo de sus pasos.

Un día, por fin, se atrevió:

—Deseo ver cómo pinta usted. ¿Quiere? Siento una gran curiosidad.

Y se puso colorada, como si hubiese pronunciado palabras muy atrevidas.

La conduje hasta el fondo del valle, donde había comenzado un gran estudio.

Quedose de pie detrás de mí, observando todos mis gestos con atención reconcentrada.

Luego, de pronto, posiblemente temerosa de molestarme, dijo:

—Gracias —y se fue.

Pero en poco tiempo demostró mucha confianza y me acompañaba todos los días con un placer visible. Llevaba su sillita de tijera debajo del brazo, sin consentirme que yo se la cogiese, y se sentaba a mi lado. Allí permanecía horas y horas inmóvil y muda, siguiendo con la vista la punta de mi pincel en todos sus movimientos. Cuando yo conseguía, con un emplasto de color puesto bruscamente con la espátula, un efecto justo y deseado, ella lanzaba contra su voluntad un "¡Aoh!" de asombro, de alegría, de admiración. Sentía respeto y ternura por mis telas, respeto casi religioso por aquella copia humana de la Naturaleza, la obra divina. Mis estudios le parecían así como cuadros de santidad, y algunas veces me hablaba de Dios, queriendo catequizarme.

¡Oh! Era un hombre bondadoso y agradable su Dios, una especie de filósofo de aldea, sin grandes medios y sin gran poder, porque lo suponía siempre desconsolado por las injusticias cometidas en su reino, como si Él no hubiese podido evitarlas.

Se mostraba excelentemente relacionada con el Creador, y hasta parecía recibir confidencias de sus secretos y de sus contrariedades. Decía "Dios quiere" o "Dios no quiere", como un sargento participando a un recluta lo que "el coronel ha ordenado".

Deploraba en el fondo de su corazón mi ignorancia de las intenciones celestes, que se esforzaba en revelarme; y yo encontraba cada día en mis bolsillos, en mi sombrero cuando lo dejaba en el suelo, en mi caja de pinturas, en mis botas embetunadas ante mi puerta al levantarme, aquellos libritos de propaganda piadosa, que, sin duda, recibía ella directamente del Paraíso.

Yo la trataba como a una antigua amiga, con una franqueza cordial; pero pronto noté que sus maneras habían cambiado, al principio no le di importancia.

Cuando yo trabajaba en el fondo de la cañada, la veía de pronto aparecer, llegando con su marcha rápida y ondulante. Sentábase bruscamente, fatigada, como si hubiese corrido o como si alguna emoción profunda la agitase. Estaba muy colorada, con ese rojo inglés que ningún otro pueblo posee. Luego, sin motivo, palidecía, poniéndose del color de la tierra y como si fuese a desmayarse. Poco a poco recobraba su fisonomía ordinaria y comenzaba la conversación.

Pero de pronto se interrumpía en una frase que dejaba sin concluir, y se levantaba, yéndose tan deprisa y tan bruscamente que me preocupaba, imaginando si pude hacer alguna cosa que la disgustara o la hiriera.

Al cabo supuse que debía de constituir aquella su

manera de ser, algo modificada en mi honor, al principio de nuestras amistades.

Cuando entraba en la casa, después de andar hora tras hora sobre una ladera azotada por el viento, sus largos cabellos retorcidos en espiral estaban lacios y colgaban como si se les hubiera roto el resorte.

Entraba en su cuarto para componerse y atusarse un poco. Momentos después, yo le decía con una galantería familiar que la escandalizaba siempre:

—Hoy está usted hermosa como un astro, miss Harriet —y le subía el rubor a las mejillas: el rubor de la joven, el rubor de los quince años.

Al fin acabó mostrándose muy esquiva; ya no me acompañaba ni me veía pintar. Supuse: "Una crisis que pasará". Pero no pasó. Cuando yo le dirigía la palabra, me respondía con afectada indiferencia o con sorda irritación. Tenía brusquedades, impaciencias, nervios. Solamente a las horas de comer la veía, y apenas hablábamos. Creyendo que sin mala intención acaso pude ofenderla, una tarde le pregunté:

—Miss Harriet: ¿por qué no está usted conmigo como antes? ¿Qué hice para disgustarla? Siento verla indiferente.

Y me respondió con acento de cólera y algo de malicia:

—Estoy con usted lo mismo que siempre. Lo que usted supone no es verdad, no es verdad.

Y corrió a encerrarse en su cuarto.

A veces me miraba de un modo extraño. Luego he creído que los condenados a muerte deben de mirar así cuando les anuncian que ha llegado el último día de su vida. Había en sus ojos una especie de locura; una locura misteriosa y violenta, y además una fiebre, un deseo exasperado, impaciente, impotente, de lo irrealizado y de lo irrealizable. Y me parecía también adivinar en ella un combate interior: su corazón luchando con una fuerza desconocida que no podía dominar; y acaso también otra cosa... ¡Qué sé yo! ¡Qué sé yo!

III

Fue una revelación extraña.

Llevaba yo bastantes días trabajando todas las mañanas desde el amanecer en un cuadro cuyo asunto era el siguiente:

Un barranco profundo tapizado por malezas, y a cuya boca se asomaban los árboles de la orilla, casi anegado en ese vapor lechoso que flota en las cañadas al nacer el día. Y en el fondo de aquella bruma espesa y traslúcida se veían aparecer, o más bien se adivinaban, dos enamorados: un muchachote y una mozuela, unidos, abrazados; ella con la cabeza levantada hacia él, y él, inclinándose hacia ella, ofreciéndose los labios.

El primer rayo de sol que pasaba entre las hojas, lanzaba un reflejo rosáceo, destacando las fugitivas sombras de los rústicos enamorados sobre una claridad argentada. Me gustaba de veras, me gustaba mucho aquel estudio.

Esto lo hacía en la pendiente que conduce al valle

de Etretat. Aquella mañana encontré, por suerte, la flotante niebla que yo apetecía.

Algo se irguió ante mí como un fantasma; era miss Harriet. Viéndome, quiso huir; pero la detuve, llamándola:

—Venga usted, señorita; venga usted a ver lo que pinto.

Se acercó a disgusto. Le presenté mi boceto. No dijo nada, pero estuvo largo tiempo inmóvil, contemplando; y bruscamente rompió a llorar. Lloraba con espasmos nerviosos, como quien ha luchado mucho contra sus lágrimas y, no pudiendo más, viéndolas derramarse, resiste aún. Me levanté de un salto, conmovido por aquella tristeza que no comprendía, y le cogí las manos con un movimiento de afecto brusco, un movimiento irreflexivo, realizado antes que meditado.

Abandonó durante algunos segundos sus manos entre las mías y las sentí palpitar, como si todos sus nervios se retorciesen. Luego las retiró bruscamente; más aún: las arrancó a la opresión de mis dedos.

Reconocí aquel estremecimiento por haberlo sentido; no lo confundiría con nada. ¡Oh! El estremecimiento amoroso de una mujer, ya tenga quince años, ya cincuenta, ya sea una campesina o una gran señora, me va tan derecho al corazón que nunca dudo para comprenderlo.

Todo su pobre ser había temblado, vibrado, desfallecido; yo lo sabía. Se apartó de mí sin que le dijese una palabra, dejándome sorprendido como ante un milagro, y desconsolado como si me sintiera culpable de un crimen.

No acudí a la hora del almuerzo. Fuime a dar un paseo por la costa, con tantas ganas de llorar como de reír, pareciéndome semejante aventura cómica y desconsoladora, sintiéndome ridículo y juzgándola infeliz hasta la demencia.

Reflexionaba qué sería prudente hacer.

Deduje que lo mejor sería irme, y acepté por buena mi resolución.

Después de vagar toda la tarde algo triste y algo soñador, volví a casa a la hora de comer.

Nos sentamos a la mesa como de costumbre. Miss Harriet comía gravemente, sin hablar a nadie y sin levantar los ojos. En su rostro y en sus maneras no se advertía cambio alguno.

Esperé a que terminase la comida, y entonces, dirigiéndome a la patrona, dije:

—Señora Lecacheur: ya muy pronto nos despediremos.

La pobre mujer, sorprendida y disgustada, exclamó:

—¿Qué dice usted, señor? ¡Irse ya! ¡Nos habíamos acostumbrado a verlo!

Miré de reojo a miss Harriet; su rostro no se había inmutado. Pero Celestina, la criada, clavó sus ojos en mí. Era una moza de dieciocho años, abundante, fresca, fuerte como un caballo, y limpia, cosa rara. Tropezándola en los rincones, habíala besado varias veces, por no perder la costumbre, nada más.

Fui a fumarme una pipa bajo los manzanos y paseándome de un extremo a otro del corral. Todas las reflexiones que me había hecho en el día, el extraño descubrimiento de la mañana, aquel amor grotesco y apasionado que motivaba yo, recuerdos despertados por aquella revelación, recuerdos agradables y turbadores, acaso también los ojos encendidos de la criada clavados en mí al anuncio de mi viaje: todo esto, mezclado, revuelto, estremecía mi carne, provocando en mis labios ansia de besos y encendiendo en mis venas el deseo de hacer alguna bestialidad.

Cerraba la noche; vi a Celestina, que salía del gallinero. Corrí en su busca tan ligeramente y tan silencioso, que no me sintió llegar, y cuando ella se levantaba después de ajustar el pequeño agujero por donde salen y entran las gallinas, la oprimí entre mis brazos, cubriendo su rostro de caricias. Ella se defendía riendo, acostumbrada a recibir achuchones.

¿Por qué la solté bruscamente? ¿Por qué me volví estremecido? ¿Cómo noté la mirada de alguien a mi espalda?

Era miss Harriet que regresaba de su paseo, que nos vio, y que permanecía inmóvil, como ante un espectro. Luego se perdió entre las sombras de la noche.

Sentime avergonzado, turbado, desesperado, al verme sorprendido así por ella. Menos me impresionara si me hubiese visto cometiendo cualquier acción criminal.

Apenas dormí, enervado, abrumado por tristes pensamientos. Me parecía oír llorar. No sería cierto. Varias veces también creí que andaban por la casa y que abrían la puerta de salida.

Al amanecer, la fatiga me rindió; dormí aletargado

y desperté muy tarde. A la hora de almorzar salí a la cocina, confuso aún, sin saber cómo presentarme.

Nadie había visto a miss Harriet aquella mañana.
La esperamos, pero no llegó. La señora Lecacheur entró
en su cuarto; la inglesa había salido, y debió de salir
muy temprano, antes de amanecer.

Nadie lo extrañó, y empezamos a comer en silencio.

Hacía calor, mucho calor; uno de esos días abrasa-
dores y pesados en que no se mueve ni una hoja de los
árboles. Habían sacado la mesa afuera, bajo un manzano y de cuando en cuando Zapador iba a la bodega para llenar el jarro de sidra; todos teníamos bastante sed.
Celestina servía un guisado de carnero con patatas, un
conejo salteado y ensalada. Luego puso en la mesa un
frutero con cerezas, las primeras del año.

Queriendo lavarlas y refrescarlas, pedí a la moza
que sacara del pozo un cubo de agua fresca.

Fue para complacerme, y al cabo de cinco minutos
volvió diciendo que el pozo estaba seco. Habiendo solta-
do toda la cuerda, el cubo había tocado al fondo, subiendo vacío. La señora Lecacheur quiso cerciorarse por sí
misma de aquello que le parecía extraño, y fue hacia el
pozo. Volvió asegurando que sucedía en el pozo algo que
no era natural. Estaba cegado; sin duda un vecino, por
vengarse de ella, arrojó al agujero algunos haces de paja.

Yo también quise verlo y me pareció distinguir
una cosa blanca. ¿Qué sería? Ocurrióseme bajar un farol con una cuerda; la claridad pálida se derramaba sobre las paredes, hundiéndose poco a poco. Los cuatro
estábamos inclinados sobre la boca del pozo, porque

Celestina y Zapador curioseaban también. El farol se detuvo sobre una masa confusa, blanca y negra, extraña, incomprensible.

Zapador exclamó:

—Es un caballo. Habrá caído por la noche, saliéndose del prado.

Pero de pronto sentí un estremecimiento que me penetró hasta los huesos. Había reconocido la forma de un pie, de una pierna.

Y murmuré, temblando tanto, que la linterna bailaba en mi mano.

—Es una mujer..., no hay duda... Es miss Harriet.

Zapador no se inmutó. ¡Había visto en África tantas cosas!

La señora Lecacheur y Celestina, echando a correr, lanzaban gritos penetrantes.

Era necesario sacar de allí el cadáver. Até fuertemente al criado por la cintura y lo bajé, ayudado por la polea, muy despacio, viéndolo hundirse en el agujero. Llevaba el farol y otra cuerda. Pronto su voz, que parecía salir del centro de la tierra, gritó:

—¡Basta!

Y lo vi que removía un cuerpo en el agua; sacó la otra pierna; luego, atando los dos pies a la cuerda que llevaba, gritó:

—¡Arriba!

Lo hice subir; pero sentía los brazos tronchados, los músculos reblandecidos; temí que la cuerda se me escapara de las manos, dejando caer al hombre.

Cuando vi aparecer su cabeza, preguntele:

–¿Qué hay? –como si aguardase noticias del pobre ser dormido para siempre.

Entre los dos, uno a cada lado, inclinados sobre la abertura, izamos el cadáver.

La señora Lecacheur y Celestina nos contemplaban desde lejos. Al ver asomar los zapatos y las piernas, corrieron a esconderse.

Zapador, cogiéndola por los tobillos, echó fuera el cuerpo de la pobre mujer, en la postura más vergonzosa para su castidad. La cabeza, horrible, negra y destrozada, y sus largos cabellos grises, destrenzados para siempre, colgaban, chorreando agua y lodo. Zapador exclamó despreciativamente:

–¡Recontra, qué flacucha estaba!

La llevamos a su cuarto, y como las dos mujeres no aparecieron, entre el criado y yo tuvimos que amortajarla.

Lavé su triste rostro descompuesto. Al tocarla, un ojo se abrió, mirándome con la expresión pálida y fría de los cadáveres, con esa mirada que parece venir del otro lado de la vida. Recogí como pude sus cabellos, y con mis manos inhábiles coloqué sobre su frente una cofia nueva y singular. Luego le quité las ropas empapadas en agua, descubriendo un poco sus hombros y su pecho, avergonzado como si cometiese una profanación. Sus hombros y su pecho y sus brazos eran delgados como ramas de arbusto.

Salí a buscar flores, amapolas, margaritas, hojàs frescas y perfumadas, con las cuales cubrí su lecho funerario.

Hallándome solo con ella, también tuve que cumplir las formalidades acostumbradas.

En uno de sus bolsillos encontré una carta, escrita en los últimos instantes, pidiendo que la enterrasen en aquel villorrio donde había pasado sus últimos días. Un terrible pensamiento me oprimió el corazón. ¿No era yo la causa de que desease permanecer allí?

Al anochecer, las comadres de la vecindad llegaron para ver a la difunta, pero no consentí que entraran en su cuarto; prefería estar solo y la velé toda la noche.

A la luz de los cirios contemplaba yo a la miserable mujer desconocida muerta lejos de su casa tan horrorosamente. ¿Dejaba en algún lugar de la tierra parientes o amigos? ¿Qué fueron su infancia y su juventud? ¿De dónde había salido tan sola, errante, como un perro abandonado por su dueño? ¿Qué secreto sufrimiento, qué íntima desesperación guardaba el cuerpo sin atractivos, el cuerpo arrastrado como una vergüenza durante toda la vida, ridícula envoltura que alejó de la infeliz todo afecto y todo amor?

¡Hay seres muy desgraciados! Yo sentía gravitar sobre aquel despojo humano la eterna injusticia de la implacable Naturaleza. ¡El mundo acabó para ella, sin que acaso hubiera sentido jamás lo que sostiene a todos los desheredados: la esperanza de que los amen alguna vez! ¿Por qué se ocultaba, huyendo de las gentes? ¿Por qué adoraba con tierna pasión todas las cosas y todos los seres vivos, excepto los hombres?

Me parecía natural que la infeliz creyera en Dios y esperara en un porvenir la compensación de su miseria.

Llegaba là hora en que su cuerpo daría jugo a las plantas, florecería con el sol, sería pasto de los animales, que a su vez son pasto del hombre, transformándose así de nuevo en carne humana. Pero su espíritu se apagó para siempre en el pozo estrecho. Ya no sufría.

Pasaban las horas en aquella soledad siniestra. Una pálida claridad anunció el nuevo día; luego un haz de luz rojiza penetró hasta el lecho. ¡Era la hora que más le agradaba! Los pájaros cantaron entre los árboles.

Abrí la ventana, separé las cortinas para que la claridad nos inundase, y acercándome al cadáver, cogí entre mis manos la cabeza desfigurada; luego, lentamente, sin terror y sin disgusto, la besé; un beso en aquella boca triste, que no había recibido nunca un beso...

* * *

León Chenal acabó así. Las mujeres lloraban; en el pescante, el conde de Etraille sacó repetidas veces el pañuelo. Los caballos, que no sentían la fusta, iban acortando el paso. El *break* no avanzaba, como si en él gravitase todo el peso de tan espantosa tristeza.

Revelaciones

Katherine Mansfield

Desde las ocho de la mañana hasta las once y media, Mónica Tyrel sufría de los nervios; y sufría tanto que estas horas eran para ella una verdadera agonía. Tenía la impresión de que no podía dominarlos. "Tal vez si tuviera diez años menos...", solía decir. Porque ahora que había cumplido los treinta y tres tenía una manera peculiar de referirse constantemente a su edad. Miraba a sus amigos con ojos graves y aniñados y les decía: "Sí, recuerdo que hace veinte años...", o llamaba la atención de Ralph sobre las muchachas que se encontraban sentadas junto a ellos en los restaurantes, muchachas verdaderamente jóvenes, de hermosos brazos y grácil cuello, cuyos movimientos se sucedían rápidos y elásticos diciendo: "Tal vez si tuviera diez años menos...".

—¿Por qué no dices a Marie que se siente delante de tu puerta con la orden de que no deje acercarse a nadie a tu cuarto hasta que no hayas tocado el timbre?

—¡Oh, si eso fuera tan sencillo! —Se quitaba los guantes, y, de aquel modo que a él le era tan familiar, oprimíase los párpados con los dedos. En primer lugar estaría consciente de la presencia allí de Marie; de Marie, que diría que no con la mano a Rudd y a la señora Moon; de Marie convertida en una mezcla de guardesa y enfermera de clínica mental. Y en segundo, estaría pendiente del correo. No es tan fácil olvidar su llegada, y, una vez así, ¿quién sería capaz de esperar a que dieran las once para pedir que trajesen las cartas?

Los ojos de Ralph brillaron y la cogió rápida y suavemente en sus brazos.

—¿Mis cartas, querida?

—¿Por qué no? —repuso ella despacio. Y sonriendo le pasó la mano por el pelo rojizo pensando: "¡Dios mío! ¿Qué tontería he de decir ahora?".

Pero esta mañana la despertó un golpe muy fuerte que sonó en el portal de la casa. ¡Pam! Todo el piso retembló. ¿Qué pasaba? Se incorporó de repente en la cama cogiendo nerviosa el edredón; el corazón le latía con fuerza. ¿Qué podía haber sido aquello? Luego oyó voces en el pasillo. Marie llamó a la puerta, y, mientras ella alzaba la persiana, se agitaron al viento las cortinas elevándose, golpeando, sacudiéndose. La cuerda de la persiana chocaba contra la ventana.

—*Eh, voilà* —gritó Marie dejando la bandeja y precipitándose a cerrar—. *C'est le vent, madame. C'est un vent insupportable.*

Levantó al fin la persiana, y una luz blanca y grisácea llenó la habitación. Mónica pudo entrever, antes de taparse los ojos con el brazo, un cielo pálido e inmenso por el que una nube semejante a una camisa desgarrada pasaba despacio.

—¡Marie, las cortinas! ¡Pronto! ¡Las cortinas! —Mónica, rendida, se recostó de nuevo en la cama. Luego se oyó un "rin-rin; rin-rin; rin-rin". Era el teléfono. Su paciencia estaba ya colmada; pero simuló una perfecta tranquilidad–. Atiende al teléfono, Marie.

–Es el señor. Quisiera saber si la señora podrá almorzar con él en el Hotel Prince a la una y media.

Sí, era él mismo quien telefoneaba pidiendo que dieran inmediatamente el recado a la señora. En vez de contestar, Mónica dejó la taza y preguntó a Marie, con una vocecita algo sorprendida, qué hora era.

–Las nueve y media.

Se quedó inmóvil y cerró los ojos.

–Dígale al señor que no podré ir –contestó dulcemente.

Pero, en cuanto se cerró la puerta, la cólera hizo presa en ella con tal violencia que casi la ahogaba. ¿Cómo es posible que Ralph se hubiera atrevido a eso, sabiendo como sabía en qué estado de tensión se encontraban sus nervios por las mañanas? ¿No se lo había explicado detalladamente y no le había dado a entender incluso con suma delicadeza –pues estas cosas no pueden decirse directamente– que aquello era de lo más imperdonable?

¡Y, para colmo, haber escogido un día de tanto viento! ¿Pensaba Ralph acaso que su dolencia nerviosa era una manía, una pequeña locura femenina que puede ser tomada a broma sin preocuparse de ella lo más mínimo? Pero si anoche mismo le había dicho:

–Tienes que tomarme en serio.

Y él le había contestado:

–Amor mío, quizá no me creerás, pero te conozco infinitamente mejor de lo que te conoces tú misma. Me inclino delante de todos tus delicados pensamientos y atesoro tus sentimientos. Sí, ríete, porque me gusta ver cómo levantas el labio –y, apoyándose en la mesa, continuó–: No me importa que todos vean que te adoro. ¡Me gustaría estar contigo en la cumbre de una montaña y que nos iluminaran todos los faros del mundo!

¡Dios mío! –Mónica se llevó al recordarlo las manos a la cabeza. ¿Es posible que en realidad hubiese dicho aquello? ¡Qué seres tan absurdos eran los hombres! Y lo había querido, aunque ahora le parecía mentira haber podido querer a un hombre que hablaba de aquel modo. ¿Qué había hecho ella desde aquella fiesta, meses atrás, en la que él, después de la cena, la había acompañado a casa, y le había pedido si podría volver a verla "para contemplar su lenta sonrisa oriental". ¡Oh, qué tontería! ¡Qué estupidez! Y, sin embargo, le había producido una sensación profunda y extraña jamás experimentada por ella hasta entonces.

–¡Carbón! ¡Carbón! ¡Hierro viejo! ¡Hierro viejo! –se oía desde la calle.

Ahora todo había terminado. ¿Comprenderla él? No la había comprendido lo más mínimo. El simple hecho de haberla llamado por teléfono esta mañana de viento lo demostraba. ¿Cómo iba a comprenderla? Casi le daba risa. "Me has llamado justamente en el momento en que alguien que me hubiera comprendido no lo habría hecho." ¡Todo había terminado!

Marie volvió y dijo:

–El señor dice que estará en el vestíbulo del hotel, por si la señora cambiara de parecer.

Mónica, sin contestarle, le dijo:

—No, no quiero verbena, Marie. Pon un manojo de claveles; no, dos manojos.

Era una mañana borrascosa, y hacía un viento que parecía zarandearlo todo, desgarrarlo todo. Mónica se sentó delante del espejo. Estaba pálida. Mientras la doncella le peinaba el cabello hacia atrás, su cara le parecía una máscara con párpados salientes y labios de un rojo oscuro. Y mirándose en la luz sombreada y azul del espejo, sintió de repente que una extraña y emocionante sensación la invadía poco a poco. Y la embargó de tal modo, que hubiera querido abrir los brazos, y reír, y tirar todo lo que tenía a mano, y escandalizar a Marie gritando: "¡Soy libre! ¡Soy libre! ¡Soy tan libre como el viento!". Aquel mundo emocionante que vibraba, temblaba y casi echaba a volar; ahora era suyo. Era su reino. ¡No, no; ella no pertenecía a nadie más que a la vida!

—Ya está bien, Marie —dijo con voz insegura—. Dame el sombrero, el abrigo y el bolso. Y avísame un taxi. —¿Adónde iría? A cualquier parte. No podía soportar por más tiempo aquel piso, a Marie tan callada, y este ambiente femenino y tranquilo, casi espectral. Quería salir e ir en coche, a toda velocidad, a cualquier parte.

—Señora, ya tiene el taxi.

Cuando abrió el portal, un viento furioso la llevó flotando hasta el coche. ¿A dónde iba? Con sonrisa radiante dijo al chofer, de semblante frío y ceñudo, que la llevara al peluquero. ¿Qué habría sido de ella sin el peluquero? Cuando Mónica no sabía dónde ir, ni tenía nada que hacer, siempre iba a parar allí. Hoy sólo se haría ondular el cabello, y seguramente antes de salir ya se habría trazado algún plan. El frío y ceñudo chofer llevaba el coche a una velocidad espantosa, y ella se dejaba sacudir de una parte a otra en el asiento. Sólo deseaba ir más aprisa. ¡Oh, ser libre! No tener que estar en el Prince a la una y media; no volver a ser el gatito acurrucado en un cesto de plumas de cisne; ni la mujer de sonrisa oriental; ni la niña seria y contenta; ni un pequeño ser salvaje...

—¡Nunca más! —se dijo en voz alta agarrándose la delgada muñeca. Pero el taxi se detuvo y allí estaba el chofer abriéndole la portezuela.

En la peluquería la temperatura era agradable y todos los objetos, relucientes. Olía a jabón, a papel quemado y a brillantina. La dueña estaba detrás del mostrador: era una mujer redonda, gruesa, blanca y su cabeza parecía una brocha de polvos colocada encima de un alfiletero de raso negro. Mónica siempre tenía la impresión de que en aquella peluquería la estimaban y de que comprendían su verdadero carácter mucho mejor que cualquiera de sus amigos. Sólo allí se revelaba su personalidad, y a menudo hasta había hablado con la dueña de un modo nada corriente en ella. Además, estaba también George, el peluquero que la servía; el joven George, delgado y de tez morena. Sentía verdadero afecto por él.

Pero hoy, ¡qué extraño era el ambiente! Madame casi no la había saludado; su cara era más blanca que de costumbre, sus ojos azules estaban colorados e incluso las sortijas en sus dedos gordinflones brillaban apagadas. Parecían frías, muertas como trozos de cristal. Cuando llamó a George por el teléfono interior, notó en su voz un tono extraño que no había oído nunca hasta ahora. Mónica no podía creerlo. Pensó que era sólo obra de su imaginación. Olió con avidez el aire tibio y perfumado, y pasó, tras la cortina de terciopelo, al pequeño tocador.

Había colgado ya el sombrero y el abrigo en la percha, y, sin embargo, George aun no venía. Ésta era la primera vez que él no estaba allí para colocarle la silla, para cogerle el sombrero y balancear en los dedos su bolso como si fuera algo nunca visto, un objeto de cuento de hadas. ¡Pero qué silencioso estaba hoy aquello! No se oía el más leve ruido, ni siquiera por parte de la dueña. Sólo el viento soplaba con fuerza haciendo temblar aquella vieja casa. Sonaba ululante, y los retratos de damas de la época de la Pompadour que decoraban las paredes sonreían de un modo falso y astuto.

Mónica se arrepintió de haber ido allí. ¡Qué equivocación había cometido! Fatal equivocación, fatal. ¿Y dónde estaba George? Si no comparecía al instante, se marcharía. Se quitó el peinador. No quería mirarse al espejo. Mientras abría un voluminoso frasco de crema que estaba encima de la repisa vio que le temblaban los dedos. Sentía un agobio en el corazón, algo así como si su felicidad estuviera en trance de desvanecerse.

—¡Me voy! ¡No quiero quedarme! —Cogió el sombrero, pero en aquel mismo instante sintió pasos, y, mirando al espejo, vio a George que se inclinaba en la puerta. ¡Qué rara era su sonrisa! Seguramente era culpa de la luna. Se volvió rápida y los labios del peluquero se contrajeron en una especie de mueca afable, pero, ¡si ni siquiera estaba afeitado! Tenía la cara verde.

—Siento haberla hecho esperar —murmuró acercándose.

¡No, no podía quedarse!

—Me parecía que... —empezó a decir, pero George había ya encendido el gas y puesto a calentar las tenacillas, y ahora le colocaba el peinador.

—¡Qué viento! —exclamó. Mónica se sometió y husmeó el olor de sus dedos jóvenes y frescos que le sujetaban el peinador con un alfiler.

—Sí, hace mucho viento —contestó apoyándose en el respaldo.

Y volvió a reinar el silencio. George con su acostumbrada habilidad, le quitó las horquillas. Cayó la mata de pelo por la espalda, pero George no la cogió como solía hacerlo, para percibir con la mano cuán fina, suave y pesada era. No dijo, como otras veces: "Está en perfecto estado". Dejó caer el pelo, cogió un cepillo del cajón, tosió ligeramente y, aclarándose la voz, repuso lúgubremente:

—Sí, sopla un viento muy fuerte.

Ella no contestó. El cepillo fue deslizándose por el pelo. Pero ¡qué triste era hoy todo aquello, qué triste! Sentía el cepillo rápido y ligero como hojas que caen, pero pesado, igual que el agobio de su corazón.

—¡Ya es suficiente! —exclamó intentando librarse de aquello.

—¿La he cepillado demasiado? —preguntó George inclinándose sobre las tenacillas—. Lo siento. —Notó el olor a papel quemado, aquel olor que le gustaba tanto, y George, haciendo voltear las tenacillas miró fijo delante de él y añadió—: No me extrañaría que lloviera.

Iba a coger un mechón, pero Mónica le detuvo; no podía soportar más aquello. Lo miró y se vio a sí misma mirándolo, envuelta en el peinador blanco, como una monja.

—¡Aquí ha pasado algo! ¿Qué ha sido?

George se encogió un poco de hombros y contestó torciendo la boca:

—Nada, madame; sólo un pequeño incidente —y cogió otra vez el mechón.

Pero Mónica no se equivocaba. Allí había ocurrido algo muy grave. El silencio, un silencio opresivo, volvía a caer como copos de nieve. Sintió un escalofrío. Hacía frío en el tocador. Sí, todo era en él frío y brillante. Los tapones niquelados, los grifos y los pulverizadores tenían un aspecto maligno. El viento batía las maderas de la ventana, y se oía golpear un trozo de hierro. George iba cambiando las tenacillas e inclinándose sobre la cabeza de Mónica. "¡Qué terrible es la vida!", pensó ella. "¡Qué espanto! La soledad es lo más aterrador de todo. Revoloteamos como hojas en el viento y nadie sabe ni le importa dónde caemos, ni sobre las aguas de qué río vamos flotando." Aquella sensación de agobio parecía subírsele del corazón a la garganta. ¡Le dolía, le dolía, hubiera llorado!

—Así está bien —dijo en voz baja—. Déme las horquillas.

Mientras George permanecía de pie a su lado, con aire sumiso y silencioso, ella estuvo a punto de dejar caer los brazos y prorrumpir en sollozos. ¡No podía soportar aquello por más tiempo! El joven y antes siempre alegre George, convertido ahora en un hombre de madera, se deslizaba hacia la percha, le daba el sombrero y el velo, le entregaba la cuenta y le devolvía el cambio que ella metió aprisa en el bolso. Y ahora, ¿adónde iría?

George cogió un cepillo.

—Hay una mancha de polvo en su abrigo —dijo en voz baja al tiempo que la cepillaba. Luego, de repente se irguió y, mirando a Mónica mientras hacía ondear el cepillo de un modo extraño, dijo—: Le diré la verdad, madame, ya que es usted una antigua cliente: mi niña ha muerto esta mañana. ¡Mi primera hija!... —y su rostro pálido se arrugó como si hubiera sido de papel. Luego volviose de espaldas y se puso a cepillar el peinador.

—¡Oh, oh! —Mónica se echó a llorar, salió corriendo y se metió en el taxi.

El chofer, con aire furioso, golpeó la portezuela y preguntó:

—¿Adónde?

—Al Prince —dijo entre sollozos, y durante todo el trayecto no vio más que una muñeca de cera, de cabello dorado, tendida dócilmente, con las piernas rígidas y las manos cruzadas sobre el pecho.

Antes de llegar al Prince vio la tienda de una florista llena de flores blancas —violetas dobles— atadas con un lazo de terciopelo blanco... Decidió enviarlas. "De una amiga desconocida..." "Con cariño de alguien que comprende..." "Para una niña..." Golpeó el cristal de la ventanilla pero el chofer no lo oyó. Además, ya habían llegado al Prince.

Malintzin de las maquilas

Carlos Fuentes

A Marina la nombraron así por las ganas de ver el mar. Cuando la bautizaron, sus padres dijeron a ver si a ésta sí le toca ver el mar. En la ranchería en el desierto del Norte, los jóvenes se juntaban con los viejos y los viejos contaban que de jóvenes sus viejos les habían dicho ¿cómo será el mar?, ninguno de nosotros ha visto nunca el mar.

Ahora que el helado sol de enero se levanta, Marina sólo ve las aguas flacas del Río Grande y el sol lo siente todo tan frío que quisiera volverse a meter entre las cobijas pardas del desierto por donde se asoma.

Son las cinco de la mañana y ella tiene que estar en la fábrica a las siete. Se ha retrasado. La retrasó anoche el amor con Rolando, ir con él del otro lado del río a El Paso Texas y regresar tarde, sola y tiritando por el puente internacional a su casita de una sola pieza con retrete en la colonia Bellavista de Ciudad Juárez.

Rolando se quedó en la cama con un brazo cruzado detrás de la nuca y el celular en la otra mano, pegado a la oreja, mirándola a Marina con satisfacción cansada, y ella no le pidió que la llevara de regreso, lo vio tan cómodo, tan niño, tan acurrucado y también tan abierto, tan húmedo y calentito. Lo vio sobre todo listo para iniciar el trabajo, haciendo llamadas en el celular desde tempranito, al que madruga Dios lo ayuda, más si se es mexicano que hace negocios de los dos lados de la frontera.

Se miró en el espejo antes de salir. Era una belleza dormilona. Todavía tenía pestañas gruesas, de niña. Suspiró. Se puso la chamarra azul de pluma de ganso que tan mal iba con su minifalda pues la chamarra le colgaba hasta las rodillas y la minifalda le llegaba al muslo. Sus zapatos tenis de trabajo los guardó en un morral y se lo colgó al hombro. Iba al trabajo con zapatos de tacón alto y puntiagudo, aunque a veces se le hundieran en el lodo o se le quebraran en las piedras, al contrario de las gringas que caminaban al trabajo con kedds y en la oficina se ponían los tacones altos. Marina en cambio no sacrificaba sus zapatos elegantes por nada, nadie la iba a ver nunca en chanclas como india apache.

Alcanzó el primer camión por la calle del Cadmio y como todas las mañanas trató de mirar más allá del barrio de terrones y de esas casuchas que parecían salidas de la tierra. Todos los días, sin falta, trataba de mirar hacia el horizonte grandísimo, el cielo y el sol le parecían sus protectores, eran la belleza del mundo, el cielo y el sol eran de todos y no costaban nada, ¡cómo iban a hacer las gentes comunes y corrientes algo tan bonito como eso, todo lo demás tenía que ser feo por comparación: el sol, el cielo... y, decían, el mar!

Siempre acababa viendo hacia los barrancos que se iban derrumbando hacia el río y que le atraían la mirada con la ley de la gravedad, como si hasta dentro del alma todas las cosas anduvieran siempre cayéndose. Ya desde esta hora, las barrancas de Juárez parecían hormigueros. La actividad de los barrios más pobres empezaba temprano y se confundía con el enjambre que desde las casuchas y el declive se iba desparramando hasta la orilla del río angosto y allí intentaba cruzar al otro lado. Entonces ella volteaba la cara sin saber si lo que veía la molestaba, la avergonzaba, la hacía compadecerse o sentir ganas de imitar a los que se iban del otro lado.

Mejor fijó los ojos en un ciprés solitario hasta que ya no pudo verlo.

El ciprés quedó atrás y Marina sólo vio concreto, muros y más muros de concreto, una larguísima avenida encajonada entre el concreto. El camión se detuvo en un campo donde los muchachos en calzones cortos jugaban fútbol para calentarse y cruzó tiritando el baldío hasta encontrar la siguiente parada del camión.

Tomó asiento junto a su amiga Dinorah que venía vestida de suéter colorado y blue jeans con zapatillas sin tacón. Marina abrazó su morral pero cruzó la pierna para que Dinorah y los demás pasajeros vieran sus finos zapatos de tacones altos con hebilla de pulsera en el tobillo.

Se dijeron lo de siempre, cómo está el niño, con quién lo dejaste. Antes, la pregunta de Marina irritaba a Dinorah, se hacía la desentendida, se atareaba sacando un chicle de la bolsa o acariciándose el pelo de chinitos cortos y anaranjados. Luego se dio cuenta de que todas las mañanas de la vida se iba a topar con Marina en el camión y contestó rápidamente, la vecina lo va a llevar a la guardería.

—Hay tan pocas —decía Marina.

—¿Qué?

—Guarderías.

—Aquí nada alcanza para nada, chavalona.

No iba a decirle a Dinorah que se casara, porque la única vez que lo hizo ella le contestó con grosería, cásate tú primero, ponme el ejemplo, huisa. No le iba a insistir que las dos eran solteras pero Marina no tenía hijos, un hijo, ésa era la diferencia, ¿no necesitaba un padre el niño?

—¿Para qué? Aquí los hombres no trabajan. ¿Quieres que mantenga a dos en lugar de uno?

Marina le dijo que con un hombre en casa podría defenderse mejor de los jaraseros sexuales de la fábrica. Se metían mucho con Dinorah porque la veían indefensa, nadie daba la cara por ella. Esto fastidió mucho a Dinorah y le dijo a Marina que de veras quería llevarse a toda madre con ella porque Dios les había asignado el mismo camión, pero que si seguía dando consejos no pedidos, de plano iban a dejar de hablarse y que no se hiciera la mosquita muerta.

—Yo tengo a Rolando —dijo Marina y Dinorah se murió de risa, todas tienen a Rolando, Rolando tiene a todas, ¿qué te crees, pendeja?, y como Marina se soltó chillando y las lágrimas no le rodaron por las mejillas sino que se juntaron todititas en las pestañas, a Dinorah le dio pena, sacó un kleenex de la bolsa, abrazó a Marina y le limpió los ojos.

—Por mí no te preocupes, chula —dijo Dinorah—. Yo me sé defender de todos los tentones de la fábrica. Y si me exigen un acostón para ascender, mejor me cambio de fábrica, total aquí nadie asciende para arriba, nomás nos movemos para los lados, como las cangrejitas.

Marina le preguntó a Dinorah si había rotado mucho, éste era su primer trabajo pero oía que las muchachas se cansaban pronto de una ocupación y se iban a otra. Dinorah le dijo que después de nueve meses de hacer lo mismo, te empezaba a doler la cintura y se te amolaba la columna.

Tuvieron que bajarse a tomar el siguiente camión.

—Tú también vienes retrasada.

—Supongo que por las mismas razones que tú —rió Dinorah y las dos se tomaron de la cintura y se rieron juntas.

La plaza estaba muy animada ya, con sus toldos y tendajones variados. Todo mundo despedía el humo del invierno por la boca y los marchantes exponían sus mercancías o colgaban sus anuncios a lo que vino vino a comerse sus elotes con Avelino y ellas se detuvieron a comprar dos elotes enchilados y todavía escurridos de agua caliente y mantequilla derretida, sabrosísimos. Se rieron de un anuncio, Tome Macho Minas Para Hombres Débiles de Sexo y Dinorah le preguntó a Marina si ella había conocido uno solo así. Marina dijo que no, pero no era eso lo importante, sino escoger una al hombre que quiere. ¿Que una quiere? Bueno, que le gusta a una. Dinorah dijo que los únicos hombres con el pito aguado eran casi siempre los más echadores, los que las perseguían y trataban de aprovecharse de ellas en las fábricas.

—Rolando no. Él es muy macho.

—Eso ya me lo contaste. ¿Y qué más tiene?

—Un celular.

—Ah —peló de burla los ojos Dinorah pero no dijo nada más porque el camión se detuvo y subieron para viajar el último tramo hasta la maquiladora. Llegó corriendo una muchacha muy flaca pero guapa con una belleza aguileña poco corriente por aquí y vestida con hábito carmelita y sandalias. Se sentó frente a ellas. Le preguntó a Dinorah si no le daban frío sus piececitos en invierno sin calcetincitos ni nada, así. Ella se sonó la nariz y dijo que era una manda que sólo tenía chiste en la escarcha, no en el summer.

—¿Se conocen? —dijo Dinorah.

—De lejos —dijo Marina.

—Ésta es Rosa Lupe. No la reconoces cuando se le mete lo santo. Te juro que normalmente es muy diferente. ¿Por qué hiciste manda?

—Por mi famullo.

Les contó que ella llevaba cuatro años en la maquila y su marido —su famullo— seguía sin dar golpe. El pretexto eran los niños, ¿quién los iba a cuidar? —Rosa Lupe miró sin mala intención a Dinorah.— El famullo se quedaba en casa cuidando a los niños pues por lo visto hasta que crecieran.

—¿Lo mantienes? —dijo Dinorah para vengarse de la alusión de Rosa Lupe.

—Pregunta en la fábrica. La mitad de las que chambeamos allí mantenemos el hogar. Somos lo que se llama jefecitas de familia. Pero yo tengo famullo. Por lo menos no soy madre soltera.

Para evitar el pleito de comadres Marina dijo que ya entraban a la parte bonita y las tres miraron los cipreses alineados a ambos lados de la carretera sin hablarse más; esperando nomás la aparición bellísima que no dejaba de asombrarlas todos los días a pesar de la costumbre, la fábrica montadora de televisores a color, un espejismo de vidrio y acero brillante, como una burbuja de aire cristalino, era como trabajar rodeadas de pureza, de brillo, casi de fantasía, tan limpia y moderna la fábrica, el parque industrial como decían los managers, las maquiladoras que le permitían a los gringos ensamblar textiles, juguetes, motores, muebles, computadoras y televisores con partes fabricadas en los Estados Unidos, ensambladas en México con trabajo diez veces menos caro que allá, y devueltas al mercado norteamericano del otro lado de la frontera con el solo pago de un impuesto al valor añadido: de esas cosas ellas no sabían mucho, Ciudad Juárez era simplemente el lugar de donde llamaba el trabajo, el trabajo que no existía en las rancherías del desierto y la montaña, el que era imposible hallar en Oaxaca o Chiapas o en el mismísimo DF, aquí estaba a la mano, y aunque el salario era diez veces menos que en los Estados Unidos, era diez veces más que nada en el resto de México: esto se cansaba de explicarles la Candelaria, una mujer de treinta años, más que gorda, cuadrada, con las mismas dimensiones por los cuatro costados, que no había renunciado a una vestimenta campesina tradicional, aunque era difícil saber de qué región, pues la convencida, seria, pero sonriente Candelaria, usaba un poquito de todo, trenzas de columpio con estambres huicholes, huipiles yucatecos, faldas tehuanas, cinturones tzotziles y unos huaraches con suela de llanta Goodrich que se encuentran en todos los mercados, y como era la amante del líder sindical antigobiernista, sabía de lo que hablaba y el milagro era que no la hubieran corrido de plano de todas las maquiladoras, pero la Candelaria les ganaba siempre la partida, era la amita de la rotación, cada seis meses cambiaba de plaza y cada vez que lo hacía su patrón suspiraba porque la agitadora se iba y porque la rotación ya era para los empresarios sinónimo de escasa o nula conciencia política, no alcanzaba el tiempo para alborotar a nadie y la Candelaria nomás meneaba las trenzas de la risa y seguía sembrando conciencia aquí y allá, cada seis meses: tenía treinta años, llevaba quince en las maquilas, no quería amolarse la salud, ya había trabajado en una fábrica de pinturas y los solventes la habían enfermado —mira que pasarse nueve meses enlatando pintura para acabar pintada por dentro, eso dijo entonces— y es cuando conoció a Bernal Herrera, un hombre maduro que por eso le gustó a la Candelaria, maduro pero con ojos tiernos y manos vigorosas, moreno, cano, con bigote y anteojos, y Bernal le dijo Candelaria aquí no le dan agua ni al gallo de la pasión, lo que uno necesita debe ganárselo a pulso, aquí declaran los costos y utilidades que se les antoja, aquí no hay seguros por riesgo de trabajo, ni medicaciones, ni pensión, ni compensaciones por dote, maternidad o muerte, nos están haciendo el gran favor, eso es todo, nos están dando trabajo, muchas gracias y a callarse la boca, pero tú de vez en cuando deja caer tres palabritas, Candelaria de mi vida, three little words como dice el fox, huelga de coalición, huelga de coalición, huelga de coalición, repítelo tres veces como en una letanía, mi dulce Cande, y vas a ver cómo se ponen pálidos, te prometen aumentos, te ofrecen igualas, te respetan tus opiniones, te animan a cambiar de fábrica: hazlo, mi amorcito, mira que prefiero verte rotada que no muerta...

—Es tan bonito este lugar —suspiró Marina, evitando pisar con sus zapatos de stileto los prados verdes con la advertencia doble: NO PISE EL PASO/KEEP OFF THE GRASS.

—Si hasta parece Disneylandia —dijo Dinorah entre seria y risueña.

—Sí, pero llena de ogros que se comen a las princesitas inocentes como ustedes —les dijo con una sonrisa sarcástica la Candelaria, a sabiendas de que sus ironías no rifaban entre estas mensas. Pero las quería, de todos modos.

Se pusieron las batas azules reglamentarias y tomaron sus lugares frente a los esqueletos de las televisoras, dispuestas a hacer el trabajo en serie, la Candelaria el chasis, la Dinorah la soldadura, Marina estrenándose apenas para reparar soldaduras, y la Rosa Lupe fijándose en los defectos, los alambres sueltos, las coronas dañadas, mientras le decía a la Cande, oye, ya estuvo suave de tratarnos como pendejas, ¿no?, y no pongas esa cara de santa, siempre dándonos lecciones, siempre despreciándonos, ¿yo?, peló tremendos ojos la Candelaria,

oye Dinorah, dime si aquí hay alguna más taruga que
yo, la Candelaria, cargada de obligaciones, me vine de la
ranchería, me traje a los hijos, luego a los hermanos,
luego a mi papacito, ¿eso es ser muy abusada?, ¿tú crees
que me alcanza?

—¿Tu líder no te da para el gasto, Candelaria?

La cuadrada le mandó un toque eléctrico a Dinorah, era una treta que ella se sabía, Dinorah chilló y llamó cabrona a la gorda, ésta nada más se rió y dijo que
cada una tenía su telenovela que contar, mejor se llevaban bien, ¿qué no?, para pasar las horas juntas y no morirse de aburrición, ¿qué no?

—¿Para qué te trajiste a tu papacito?

—Por el recuerdo —dijo la Candelaria.

—Los viejos sobran —dijo sordamente Dinorah.

Todas venían de otro lado. Por eso se entretenían
contándose historias sorprendentes sobre sus orígenes,
sobre las combinaciones familiares, las cosas que las di-
ferenciaban, y a veces, también, se admiraban de que
coincidieran en tanto, familias, pueblos, parentescos.
Pero todas estaban divididas por dentro: ¿era mejor dejar atrás todo eso, borrar la memoria, resolverse a empezar una nueva vida aquí en la frontera?, ¿o era necesario alimentar el alma con el recuerdo, canturrear a José
Alfredo Jiménez, sentir la tristeza del pasado, convenir
en que el desamor es la muerte del alma? A veces se miraban sin hablarse, todas las amigas, las camaradas,
Candelaria que era quien más tiempo llevaba en la maquila, Rosa Lupe y Dinorah que llegaron al mismo
tiempo, Marina que era la más verdecita, entendiendo

que no era preciso decirse nada para decirse esto, que todas necesitaban amor pero no recuerdos, y que sin embargo era imposible separar el recuerdo y el cariño, estaba canija la cosa. La que mejor llevaba la cuenta de las historias era la Candelaria, y su conclusión era que todas venían de otra parte, ninguna de ellas era fronteriza, le gustaba preguntarles de dónde venían, a ellas les costaba hablar de eso, sólo con la Candelaria como que tenían confianza, se atrevían a enlazar amor y memoria y la Candelaria quería mantener viva esa pareja, sentía que era importante, no condenarse al olvido, ni al desamor que es muerte del alma, volvió a canturrear con el inolvidable José Alfredo, como decían los programas de radio.

—Del ejido "Venustiano Carranza".

—De aquí de Chihuahua, tierra adentro.

—No, del campo no, de una ciudad más chiquita que Juárez.

—Uy, desde Zacatecas.

—Uy, desde La Laguna.

—Mi papá se encargó de todo el movimiento —dijo Rosa Lupe la aguileña vestida de carmelita—. Dijo que el ejido ya no daba para más. La tierra se iba haciendo más chica y más seca cada vez que la dividíamos entre el montón de hermanos. Yo siempre fui activa, muy activa. En el ejido me encargaba de que estuvieran limpias las calles y pintadas de blanco las paredes, me gustaba preparar el papel picado para las fiestas, traer a los músicos, organizar los coros de los niños. Mi papá dijo que era yo demasiado lista para quedarme en el campo.

Él mismo me trajo a la frontera, cuando tenía quince años. Mi madre se quedó en el ejido con los hermanitos más chicos. No se anduvo por las ramas mi padre. Me dijo que aquí yo iba a ganar en un mes diez veces más que toda la familia en el ejido. Yo era muy activa. No me iba a pesar. Mientras él se quedó aquí, me resigné. Él era como la continuidad de mi vida en el pueblo. No le dije que extrañaba la tierra, mi mamá, mis hermanitos, las fiestas religiosas, la Candelaria cuando se viste al niño Dios, la Santa Cruz y su coheterío tan alegre pero tan miedoso, el Miércoles de Ceniza cuando todo el pueblo trae su cruz de carbón en la frente, la Semana Santa cuando salen los judíos con sus barbas blancas y sus narizotas y sus abrigos negros a hacer travesuras contra los cristianos, todo, las posadas, los reyes, lo echaba todo de menos. Aquí busco esas fechas en el calendario, tengo que recordarlas, allá no, allá las fiestas llegaban sin necesidad de recordarlas, ¿me entienden? Pero mi papá me instaló aquí en Juárez en una casita de una pieza en la colonia Bellavista y me dijo: "Trabaja mucho y encuéntrate un hombre. Eres la más lista de la familia". Y se fue.

—Yo no sé qué es mejor —dijo en seguida la Candelaria—. Ya les dije, yo vivo cargada de obligaciones. Cuando me vine a la frontera, me traje a mis hijos. Luego llegaron mis hermanos. Finalmente, mis padres se animaron. Es mucha carga para mi sueldo y cuidado con hacerme bromas, pinche Dinorah. Lo que nos dan nuestros hombres lo merecemos. Lo que me da mi padre es de pilón, es el recuerdo. Mientras mi padre esté

en la casa, ya no olvidaré. Vieran qué bonito es tener cosas que recordar.

—No es cierto —dijo Dinorah—. Los recuerdos nomás duelen.

—Pero es dolor del bueno —contestó la Candelaria.

—Pues yo sólo conozco del malo —siguió Dinorah.

—Es que no tienes con qué compararlo, no te das a
ti misma el chance de almacenar tus buenos recuerdos
del pasado.

—Las alcancías son para los puerquitos —dijo irritada Dinorah.

Rosa Lupe iba a decir algo cuando se acercó la supervisora, una cuarentona muy alta con ojos de canica y
labios como ejote, y se puso a regañar a la guapa y aguileña carmelita, estaba violando los reglamentos, qué se
creía viniendo al trabajo vestida de milagrosa, ¿no sabía
que había que usar la bata azul por reglamento, por seguridad, por higiene?

—Tengo hecha una manda, super —dijo muy digna
Rosa Lupe.

—Aquí no hay más manda que mis ovarios —dijo
la supervisora—. Anda, quítate ese ropón y ponte la bata azul.

—Está bien. Voy al baño.

—No señora, usted no va a interrumpir el trabajo
con sus santurronerías. Usted se me cambia aquí mis-
mito.

—Es que no traigo nada debajo.

—A ver —dijo la supervisora y agarró a Rosa Lupe
de los hombros, le arrancó el hábito, se lo bajó violenta-

mente hasta la cintura, dejó que brotaran los espléndidos senos de Rosa Lupe, y sin contenerse la mujer de ojos de canica los cerró y se fue con los labios de ejote sobre los levantados pezones color de rosa de la guapa carmelita, que no pudo reaccionar de la sorpresa, hasta que la Candelaria agarró de la permanente a la super, la insultó, la separó y Dinorah le dio una patada en el culo a la puerca y Marina se acercó rápidamente a Rosa Lupe y la cubrió con las manos, sintiendo con emoción cómo le palpitaba el corazón a su amiga, cómo se le excitaban sin querer los pezones.

Llegó otro supervisor hombre a separarlas, poner el orden, reírse de su colega, no me andes quitando a mis novias, Esmeralda, le dijo a la supervisora despeinada y enardecida como un jitomate frito, déjame a mí estas chuladas, tú búscate un macho.

—No te burles de mí, Herminio, me las vas a pagar —dijo la aporreada Esmeralda retirándose con una mano en la frente y la otra en la barriga—. No te metas en mis terrenos.

—¿Me vas a reportear?

—No, nomás te voy a chingar.

—Ándenle, muchachas —sonrió el supervisor Herminio, lampiño como un piloncillo y del mismo color—. Voy a adelantar la hora del recreo, vayan y tómense un refresco, y piensen bien de mí.

—¿Vas a cobrarte el favor? —dijo Dinorah.

—Ustedes caen solitas —sonrió libidinosamente Herminio.

Compraron sus pepsis y se sentaron un rato frente

al césped tan bonito de la fábrica –KEEP OFF THE GRASS– esperando a Rosa Lupe que reapareció acompañada por Herminio, muy satisfecho el supervisor. La obrera venía con la bata azul.

–Parece el gato que se comió al ratón –dijo la Candelaria cuando Herminio se retiró.

–Le permití que me viera cambiarme de ropa. Prefiero que lo sepan. Lo hice por agradecimiento. Prefiero ser yo la que decide. Me prometió no molestarnos a ninguna y protegernos de la cabrona de Esmeralda.

–Uy, con qué poquito se... –empezó a decir Dinorah pero Candelaria la calló con la mirada, y las demás bajaron la suya sin imaginarse que desde el alto mirador de la gerencia, cuyos vidrios opacos permitían mirar hacia afuera sin ser vistos hacia adentro, el dueño mexicano de la empresa, don Leonardo Barroso, observaba al grupo de trabajadoras y le repetía al grupo de inversionistas norteamericanos aquello de benditos entre las mujeres, pues las maquiladoras empleaban ocho mujeres por cada hombre, las liberaban del rancho, de la prostitución, incluso del machismo –sonrió ampliamente don Leonardo– pues la trabajadora se convertía rápidamente en la ganapán de la casa, la jefa de familia adquiría una dignidad y una fuerza que pues liberaban a la mujer, la independizaban, la modernizaban y eso también era democracia, ¿no le parecía a los socios texanos? Además –don Leonardo acostumbraba estos pep-talks periódicos para calmar los ánimos de los yanquis y darles buena conciencia–, estas trabajadoras, como ésas que allí ven sentadas junto al pasto bebiendo refrescos, se integraban a un crecimiento económico dinámico, en vez de vivir deprimidas en el estancamiento agrario de México. Había cero, exactamente cero maquilas en la frontera en 1965 con Díaz Ordaz, diez mil en el '72 con Echeverría, treinta y cinco mil en el '82 con López Portillo, ciento veinte mil en el '88 con De la Madrid, ciento treinta y cinco mil ahora en el '94 con Salinas, y generando doscientos mil empleos conexos.

—Se puede medir el progreso del país por el progreso de las maquiladoras —exclamó satisfecho el señor Barroso.

—Debe haber problemas —dijo un yanqui más seco que una pipa de mazorca amarilla—. Siempre hay problemas, señor Barroso.

—Llámeme Len, señor Murchinson.

—Y yo Ted.

—¿Problemas de trabajo? Los sindicatos no están autorizados.

—Problemas de falta de lealtad, Len. Yo siempre he trabajado con la lealtad de mis trabajadores. Aquí sé que las trabajadoras duran seis, siete meses, y se mudan a otra empresa.

—Claro, todas quieren irse con los europeos porque las tratan mejor, corren o castigan a los supervisores abusivos, les dan lonches de lujo, qué sé yo, puede que hasta las manden de vacaciones a ver tulipanes a Holanda... Trate de hacer eso y las ganancias van a reducirse, Ted.

—Así no trabajamos en Michigan. Los obreros se

desarraigan, aumentan los gastos de agua, vivienda, servicios. Puede que los holandeses tengan razón.

—Todos rotamos —dijo alegremente Barroso—. Ustedes mismos, si en México les ponemos normas de medio ambiente, se van. Si aplicamos estrictamente la Ley Federal del Trabajo, se van. Si hay un boom de las industrias de guerra, se van. ¿Usted me habla de rotación? Es la ley del trabajo. Si los europeos prefieren la calidad de la vida a los beneficios, allá ellos. Que los subsidie la CEE.

—No me has contestado, Len. ¿Qué pasa con el factor lealtad?

—Los que quieran mantener un cuerpo leal de trabajadores, que hagan como yo. Les ofrecemos bonos para que se queden. Pero la demanda es grande, las muchachas se aburren, no ascienden para arriba, de manera que cambian horizontalmente, se hacen la ilusión de que al cambiar mejoran. Eso genera algunos gastos, Ted, tienes razón, pero nos evita otros. Nada es perfecto. Pero la maquila no es una suma-cero, sino una suma-suma. Todos salimos ganando.

Rieron un poco y un hombre de cabeza entrecana y pelo largo restirado en cola de caballo, entró a servirles sus cafecitos.

—Para mí sin azúcar, Villarreal —le dijo don Leonardo al servidor.

—Ahora bien, Ted —continuó Barroso—. Tú eres nuevo en este asunto pero seguramente tus socios norteamericanos te han dicho cuál es el verdadero negocio.

—No me parece mal tener una empresa nacional que le vende a un solo comprador asegurado. Eso no lo tenemos en los Estados Unidos.

Barroso le pidió a Murchinson que mirara para afuera, más allá del grupito de trabajadoras bebiéndose sus pepsis, que mirara al horizonte, le dijo, los empresarios yanquis siempre han sido hombres de visión, no cuentachiles provincianos como en México, ¡qué horizonte más grande veían desde aquí!, ¿verdad?, Texas era del tamaño de Francia, México, que parecía tan chiquito junto a los US of A, era seis veces más grande que España, cuánto espacio, cuánto horizonte, qué inspiración —casi suspiró Barroso.

—Ted: el verdadero negocio no son las maquilas. Es la especulación urbana. El sitio de las fábricas. Los fraccionamientos. Los parques industriales. ¿Viste mi casa en Campazas? Se ríen de ella. La llaman Disneylandia. El que se ríe soy yo. Estos terrenos los compré a cinco centavos metro cuadrado. Ahora valen mil dólares metro cuadrado. Allí está el negocio. Te lo advierto. Éntrale.

—Soy todo oídos, Len.

—Las muchachas tienen que viajar más de una hora en dos camiones para llegar hasta aquí. Lo que nos conviene es crear otro polo al mero oeste de esta fábrica. Lo que nos conviene es comprar los terrenos de la colonia Bellavista. Son un andurrial, puras chozas de mierda. En cinco años, valdrán mil veces más.

Ted Murchinson estuvo de acuerdo en poner el dinero con Leonardo Barroso al frente, porque la constitución mexicana prohíbe a los gringos tener propiedades en las fronteras. Se habló de fideicomisos, de acciones, de porcentajes mientras Villarreal servía los cafés bien aguados, como les gustaban a los gringos.

—Mi famullo lo que quiere es que deje la maquila y me junte con él para el comercio, así nos vemos más y nos alternamos en el cuidado del niño. Es la única cosa valiente que me ha propuesto, pero yo sé que en el fondo es tan cobarde como yo. La maquila es lo seguro, pero mientras yo trabajo aquí, él está atado a la casa.

Esto lo dijo Rosa Lupe pero algo en sus palabras agitó terriblemente a Dinorah, se descompuso toditita y pidió permiso para ir al baño. La supervisora Esmeralda, para evitar nuevos conflictos, no se opuso. A veces decía vulgaridades espantosas cuando las muchachas pedían ir al baño.

—¿Y ora ésa? —dijo la Candelaria y se arrepintió. Era una ley no escrita que ellas no andaban averiguando qué les pasaba, por dentro, a las demás. Lo que les pasaba afuera, pues se notaba y podía comentarse, sobre todo con ánimo guasón. Pero el alma, eso que las canciones llaman el alma...

Canturreó Candelaria y se le unieron Marina y Rosa Lupe.

"Me volvió loca tu manera de ser / Tu egoísmo y tu soledad / Son joyas en la noche / De mi mediocridad..."

Entre que se rieron y se pusieron tristes, pero Marina pensó en Rolando, en qué andaría haciendo en las calles de Juárez y El Paso, era un hombre con un pie allá y otro acá de este lado, unido a Juárez y El Paso por su celular.

–No me llames a casa de noche, mejor llámame al coche, llámame a mi celular –le había dicho a Marina al principio, pero cuando ella le pidió el número, Rolando se excusó.

–Me tienen fichado con mi celular –le explicó–. Si entra una llamada tuya, puedo comprometerte.

–¿Entonces cómo nos vamos a ver?

–Tú ya sabes, todos los jueves en la noche en los courts del otro lado...

¿Y los lunes, los martes, los miércoles, qué? Todos trabajamos, le decía Rolando, la vida es dura, hay que ganarse los frijoles, una noche de amor, ¿te das cuenta?, hay gente que ni eso tiene... ¿Y los sábados, y los domingos? La familia, decía Rolando, los fines de semana son para la familia.

–Yo no tengo, Rolando. Estoy solita.

–¿Y los viernes? –replicaba como de rayo Rolando, era rápido, eso ni quién se lo quitara, sabía que Marina se confundía apenas se mencionaba el viernes.

–No. Los viernes salgo con las muchachas. Es nuestro día de amigas.

Rolando no tenía que añadir nada y Marina esperaba ansiosa el jueves para cruzar por el puente internacional, mostrar su tarjeta, tomar un bus que la dejaba a tres cuadras del motel, detenerse en la fuente de sodas a tomarse una malteada de chocolate con su cerecita de copete que sólo del lado gringo las sabían preparar y llegar así, fortalecida de cuerpo, adormecida de alma, a brazos de Rolando, su Rolando...

–¿Tu Rolando? ¿Tuyo? ¿De todas?

Las burlas de las muchachas sonaban en sus oídos mientras trenzaba los alambres negros, azules, amarillos, rojos, toda una bandera interior que proclamaba la nacionalidad de cada televisor, assembled in Mexico, qué orgullo, ¿cuándo le pondrían fabricado por Marina, Marina Alva Martínez, Marina de las Maquilas? Pero ni ese orgullo de su trabajo, ese sentimiento huidizo de que hacía algo que valía la pena, no un trabajo inútil, borraba el sentimiento de celos que le daba Rolando, Rolando y sus conquistas, todas lo insinuaban, a veces lo decían, Rolando el hombre de todas y si era así, pues qué bueno que a ella le tocaba un cachito del amor que ese galán a todo dar, bien vestido, con trajes color avión, que relucían hasta de noche, su pelo tan bien cortado, no de jipi, sin patillas, negro como su bigotillo tan fino y bien peinado, su tez parejamente oliva, sus ojos soñadores y su celular pegado a la oreja, todos lo habían visto, en restoranes de lujo, enfrente de almacenes famosos, en el mero puente, siempre con su celular pegado a la oreja, arreglando biznez, conectando, negociando, conquistando al mundo, Rolando, con su corbata marca Hermés y su traje de color jet, arreglando al mundo, ¿cómo iba a darle más de una noche a la semana a Marina, la recién llegada, la más simple, la más humilde?, él, un hombre tan solicitado, ¿el bato más chingón?

—Ven —le dijo cuando, la tercera vez que se vieron en el motel, ella lloró y le hizo una escena de celos—. Ven y siéntate frente a este espejo.

Ella sólo vio que las lágrimas se le juntaban en las pestañas gruesas, de niña aún.

—¿Qué ves en el espejo? —le dijo Rolando, de pie detrás de ella, inclinado hacia el rostro de ella, acariciándole los hombros desnudos con esas manos suaves, cafecitas, llenas de anillos.

—Yo. Me miro yo, Rolando. ¿Qué te pasa?

—Sí. Mírate, Marina. Mira a esa muchacha bellísima, con pestañas tupidas y ojitos de capulín, mira la belleza de esos labios, la naricita perfecta, los hoyuelos divinos, mira todo eso, Marina, mira a esa muchacha preciosa y luego mírame a mí cuando me pregunto ¿cómo puede sentir celos esta muchacha tan linda, cómo puede creer que a Rolando le guste otra, acaso no se ve en el espejo, acaso no se da cuenta de lo linda que es? ¿Cómo voy a tracionarla yo? ¡Qué poca confianza en sí misma tiene Marina! Rolando Rozas debe educarla.

Entonces las lágrimas le rodaban, pero de pena y felicidad y se abrazaba al cuello de Rolando, pidiéndole perdón.

Hoy era viernes, pero un viernes diferente. Algo le dijo Villarreal, el mozo de la gerencia, a la Candelaria cuando iban saliendo de la armadora que la excitó y la descompuso, ella por lo común tan tranquila. Rosa Lupe, por más que fingiera compostura, estaba alterada por dentro, mancillada por Esmeralda que la humilló y Herminio que la protegió y salió tratando de entender cuál de los dos era peor, si la vieja bestial o el joven libidinoso y Dinorah traían algo adentro, Marina trataba de repasar todas las conversaciones del día para ver qué cosa había inquietado tanto a la Dinorah, era una mujer buena, su cinismo era pura pose, se defendía de una vida que le parecía injusta, sin sentido, lo decía y ahora lo daba a entender... Marina las vio tan tristes, tan ensimismadas, que decidió hacer algo insólito, algo prohibido, algo que las hiciera a todas sentirse contentas, distintas, libres, quién sabe...

Se quitó los zapatos de charol, hebilla y tacones de puñal, los tiró lejos y descalza corrió por el pasto, bailó por el césped riendo, burlándose de la advertencia NO PISE EL PASTO-KEEP OFF THE GRASS, sintiendo una emoción física maravillosa, era tan fresca la pelusa, tan mojada y bien cortada, le hacía cosquillas en las plantas, que correr sobre ella con los pies desnudos era como darse un baño en uno de esos bosques encantados que salían en las películas, donde la doncella pura es sorprendida por el príncipe armado, brillante todo, brillante el agua, el bosque, la espada: los pies desnudos, la libertad del cuerpo, la libertad de lo otro, como se llamara, el alma, lo que decían las canciones, el cuerpo libre, el alma libre...

KEEP OFF THE GRASS.

Todas rieron, chancearon, celebraron, advirtieron, no seas loca, Marina, quítate, te van a multar, te van a correr...

No, se rió don Leonardo Barroso detrás de sus ventanales opacos, mira nomás, Ted, le dijo al gringo seco como una pipa de maíz, mira qué alegría, qué libertad de esas muchachas, qué satisfacción del deber cumplido, ¿qué te parece? Pero Murchinson lo miró con una chispa escéptica en la mirada, como diciéndole:

—How many times have you staged this little act?

Las cuatro, Dinorah y Rosa Lupe, Marina y Candelaria, se sentaron a su mesa de costumbre, juntito a la pista de la discoteca. Ya las conocían y se la reservaban cada viernes. Era la influencia de la Candelaria. Las demás lo sabían. Los viernes era dificilísimo encontrar mesa en el Malibú, era el gran día libre, la muerte de la semana de trabajo, la resurrección de la esperanza, y de su compañera, la alegría.

—¿Malibú? ¡Maquilú! —decía el anunciador vestido de esmoquin azul con camisa de olanes y corbata fosforescente, ante la ola de muchachas que llenaban el galerón alrededor de la pista, más de mil trabajadoras apretujadas aquí y la aguafiestas de la Dinorah diciendo son las luces, las puras luces, sin las luces esto es un pinche corral para vacas, pero las luces lo hacen todo bonito y Marina se sintió como en la playa, nomás que una playa de noche, maravillosa, en la que las luces azules, naranja, color de rosa, la acariciaban como los rayos del sol, sobre todo la luz blanca, plateada, que era como si la luna la tocara y también la bronceaban, la volvían toditita de plata, no un envidiado sun-tan (¿cuándo iría a una playa?) sino un moon-tan.

Nadie le hizo caso a la amargada de la Dinorah y todas salieron a bailar, sin hombres, entre sí, el rock se prestaba, nadie tenía que abrazarse la cintura o bailar de cachetito, cada changa a su mecate, el rock era algo tan puro como ir a la iglesia, los domingos a misa, los viernes a la disco, el alma y el cuerpo se purificaban en los dos templos, qué bien se caían todas entre sí, qué fanta-

sías se les ocurrían, los bracitos para acá, las patitas para
allá, las rodillas en ángulo, las melenas y las tetas rebo-
tando, las nalgas agitadas libremente, las caras sobre todo, los gestos, éxtasis, burla, seducción, pasmo, amena-
za, celo, ternura, pasión, abandono, alarde, payasadas,
imitaciones de estrellas famosas, todo era permitido en
la pista del Malibú, todas las emociones perdidas, los
desplantes prohibidos, las sensaciones olvidadas, todo
tenía aquí sitio, justificación, goce, sobre todo, goce, y
faltaba lo mejor.

Regresaron sudorosas a sus asientos –Candelaria y
su atuendo multiétnico, Marina preparada con su mini
y su blusa de lentejuelas y sus zapatos de tacón de daga,
Dinorah revelada con un lindo vestido descotado de
satín colorado, la Rosa Lupe siempre de carmelita,
cumpliendo su manda, pero aquí la fantasía estaba per-
mitida y hasta consolaba ver a alguien así, toda de café
y con sus escapularios–, cuando salieron a la pasarela
los Chippendale Boys, los muchachos gringos traídos
de Texas, con las corbatitas de paloma pero los torsos
desnudos, las botas acharoladas hasta el tobillo y las
tangas que se les encajaban entre las nalgas y apenas
sostenían el peso del sexo, revelando las formas, desa-
fiando a las muchachas, excítame con tu mirada; idén-
ticos pero variados, cada uno cargando su bolsa de oro,
como dijo riéndose la Candelaria, pero aquí un detalle
–el pubis rasurado–, allá otro –un brillante en el ombligo–, más arriba un tatuaje de las dos banderas cruzadas, las barras y las estrellas, el águila y la serpiente, sobre el hombro, más abajo un solo muchacho con

espuelas en los botines, llevando un compás precioso, viril, excitante, mientras las muchachas les iban metiendo billetes en las tangas, Rosa Lupe, todos ellos rubios pero bronceados, untados de aceite para lucir más, maquillados los rostros, gringos todos, deseables gringuitos, adorables, para mí, para ti, se codeaban las muchachas, en mi cama, imagínalo, en la tuya, que me lleve, estoy lista, que me robe, yo soy kidnapeable. Un Chico Chippendale se agachó y le arrancó a Rosa Lupe el cordel de su túnica de penitente, todas rieron, el muchacho empezó a jugar con el cordel mientras Rosa Lupe decía éste es mi día, tres veces han tratado de encuerarme, me lleva, se rió, pero el Chico Chippendale, bronceado, aceitado, maquillado, sin vello en las axilas, jugó con el cordón como si fuera una serpiente y él un encantador, levantaba el cordón, le daba erección, las demás muchachas codeaban a Rosa Lupe, diciéndole que si tenía preparado el show con este galán y ella juraba llorando de risa que no, era lo bonito, todo de sorpresa, pero las muchachas aullaban pidiéndole al Boy que les tirara el cordón, el cordón, el cordón, y él se lo pasaba entre las piernas, se lo clavaba debajo del brillante de su ombligo, como un cordón umbilical, volviendo locas a las muchachas, gritando todas ellas que les diera el cordón, que así se ligara a ellas, su hijo de unas por el cordón, su amante de otras por el cordón, esclavo de éstas, amo de las otras, atadas a él, él atado a ellas, hasta que el Chippendale dejó caer la punta del cordón entre el regazo de Dinorah sentada junto a la pasarela, y Dinorah primero lo tomó con fuerza, tanta que casi tira de bruces al muchacho que gritó hey! y ella fue la que gritó sin palabras, un aullido, arrojando el cordón, saliendo a codazos entre el gentío, el asombro, el comentario...

Las amigas se miraron entre sí, asombradas pero sin ganas de demostrarlo, por un sentimiento de solidaridad con Dinorah. Los Chippendale Boys se retiraron entre aplausos, con las tangas repletas de billetes, perdiendo uno tras otro su sonrisa fabricada en serie, volviendo cada uno, al bajar de la pasarela, al semblante de la vida diaria, al desfile de la diferencia, aburrido uno, displicente otro, éste satisfecho como si todo lo que hiciera fuese admirable y le valiese el Oscar, el otro matando con la mirada al corral de vacas mexicanas y añorando quizás otro corral, de toros mexicanos: ambición frustrada, despojo, fatiga, indiferencia, crueldad: rostros malos, se dijo sin desearlo Marina, esos muchachos no me sabrían querer, no son como mi Rolando, con todo y sus fallas...

Pero venía la parte más bonita...

Se escuchó la Marcha Nupcial de Mendelssohn y la primera modelo apareció por la pasarela, con la cara velada por el tul, las manos unidas en el buqué de nomeolvides, la corona de azahares, la falda ampona, como de reina, como de nube. Todas las muchachas lanzaron una exclamación colectiva que era más bien un suspiro y ninguna tuvo que dudar sobre el rostro escondido por los velos, era una de ellas, era morenita, era mexicana, las hubiera ofendido que una gringa saliera vestida de novia, los muchachos tenían que ser gringos, pero las novias tenían que ser mexicanas... Una vez que sacaron de novia a una güerita de ojo azul, la que se armó, casi incendian el local. Ahora ya sabían. El desfile de trajes de novia era de mexicanas, para mexicanas, cinco novias seguidas, muy modosas y vírgenes, luego una de guasa con minifalda de tafeta y al final una desnuda, sólo el velo, las flores en las manos y el tacón alto, a punto de acostarse, entregarse, todas rieron y gritaron y al final apareció un hombrecito vestido de sacerdote que las bendijo a todas y las llenó de emoción, de gratitud, de ganas de regresar el viernes entrante y ver cuántas promesas se habían cumplido.

Pero a la salida de la discoteca estaban Villarreal el mozo del patrón don Leonardo Barroso y Beltrán Herrera el líder y amante de Candelaria, el hombre sereno, moreno, cano, con ojos tiernos, ahora más tiernos que nunca detrás de los espejuelos. Tenía los bigotes mojados y tomó del brazo a Candelaria, le dijo algo al oído, Candelaria se tapó la mano con la boca para sofocar el grito, o quizás el llanto, pero era una vieja muy entera, muy a toda madre, inteligente, fuerte y discreta, y sólo les dijo a Marina y Rosa Lupe:

—Algo espantoso ha sucedido.

—¿A quién, dónde?

—A la Dinorah. Vamos que vuela de regreso al cantón.

Se subieron de prisa al auto del líder Herrera, y Villarreal repitió la historia que había oído en la oficina de don Leonardo Barroso, iban a arrasar la colonia Bellavista para hacer fábricas, iban a comprar los terrenos por dos tlacos y a venderlos en millones, ¿qué iban a hacer ellos, tenían armas para impedir el despojo, para sacarle raja al asunto, para demandar que ellos también salieran beneficiados?

—Pero si las casas no son nuestras —dijo la Candelaria.

—Podemos organizarnos como inquilinos y dificultar la venta —argumentó Beltrán Herrera.

—Ni siquiera los terrenos son nuestros, Beltrán.

—Tenemos derechos. Podemos negarnos a desalojar hasta que nos compensen en la medida de lo que ellos van a ganar.

—Lo que van a hacer es corrernos de las maquilas a todas...

—Ya estuvo suave de dejarnos —dijo Rosa Lupe sin entender muy bien de qué se trataba, hablando sólo para no dar su brazo a torcer y pedir que le aclararan la pregunta ansiosa en los ojos de Marina: ¿qué hubo con la Dinorah?

—Se te agradece la lealtad —Herrera apretó el hombro de Villarreal, que iba conduciendo, su cola de caballo al aire—. A ver si no te cuesta caro.

—No es la primera vez que te informo, Beltrán —dijo el camarero.

—Pero éstas son palabras mayores. Vamos a organizarnos de una vez por todas, pasa la palabra.

—Las muchachas pocas veces jalan —meneó la cabeza Villarreal—. En cambio si fueran hombres...

—¿Y yo? —dijo fuerte Candelaria—. No seas tan macho, Villarreal.

Herrera suspiró y abrazó a Candelaria, mirando el paisaje nocturno, las luces brillantes del lado americano, la ausencia de alumbrado público del lado mexicano: bosques, textiles, minería, dijo, frutas, todo se acabó a favor de la maquila, todas las riquezas de Chihuahua, olvidadas.

—Que no nos daban para comer ni la quinta parte del trabajo de hoy —le alegó su Candelaria—. ¡Iguanas ranas!

—¿Tú sí crees que las muchachas van a jalar?

Herrera juntó su cabeza cana a la muy negra y restirada de la Candelaria.

—Sí —colgó la cabeza la Candelaria—. Esta vez sí van a jalar, apenas se enteren.

—La casa nunca está limpia —iba diciendo Dinorah sentada en una banca dura de su choza de terregal—. No tengo tiempo. Son pocas horas de sueño.

Los vecinos se habían juntado afuera de la casucha, algunos entraron a consolar a Dinorah, las mujeres más viejas hablaban de un velorio muy bonito para el niño, sus flores, su cajita blanca, como en los viejos tiempos, como en las rancherías: Candelaria trajo unas velas pero no encontró más que dos botellas de Coca-Cola para ensartarlas.

Los viejos llegaron también, se juntó todo el barrio y el padre de la Candelaria, detenido en el quicio de la puerta, se preguntó en voz alta si habían hecho bien en venirse a trabajar a Juárez, donde una mujer tenía que dejar solo a un niñito, amarrado como un animal a la pata de una mesa, el inocente, cómo no se iba a perjudicar, cómo no. Todos los rucos comentaron que eso en el campo no pasaría, las familias allí siempre tenían quién cuidara a los niños, no era necesario amarrarlos, las cuerdas eran para los perros y los marranos.

–Mi padre me decía –repitió el abuelo de Candelaria– que nos quedáramos sosegados en nuestra casa, en un solo lugar. Se paraba como yo estoy parado, mitá juera mitá dentro, y decía: "Fuera de esta puerta el mundo se acaba".

Dijo que él estaba muy viejo y ya no quería ver nada más.

Marina, llorando, sin saber cómo consolar a Dinorah, oyó al abuelo de Candelaria y dio gracias de que en su casa no había recuerdos, ella era sola y más valía seguir sola en esta vida que pasar las penas de los que tenían hijos y sufrían como la pobrecita de Dinorah, toda despeinada y escurrida y con el vestido rojo trepado hasta los muslos, arrugado, y con las rodillas juntas, y las piernas chuecas, ella tan cuidada y coqueta de por sí.

Entonces Marina, viendo la terrible escena de muerte y llanto y memorias, pensó que no era cierto, ella no estaba sola, tenía a Rolando, aunque lo compartiera con otras, Rolando le haría el favor de llevarla al mar, a algún lado, a San Diego en California o a Corpus Christi en Texas, o de perdida a Guaymas en Sonora, se lo debía, ella no pedía otra cosa más que ir por primera vez a ver el mar con Rolando, después de eso que la dejara, que la tratara de abusiva, pero que le hiciera ese solo favorcito...

Salió de la casucha de la Dinorah oyendo al abuelo hablar de una fiesta para el niño ahorcado, y como para levantarle el ánimo a todos mandó traer de beber y dijo:

—Lo bueno de las damajuanas es que parecen llenas hasta cuando están vacías.

Marina hurgó en su bolsita de mano y encontró el número del celular de Rolando. Qué le importaba comprometerse. Éste era asunto de vida o muerte. Él tenía que saber que ella dependía de él para una sola cosa, para llevarla a ver el mar, para no decir como el abuelo de la Candelaria que ya no quería ver nada más. Marcó el número pero le dio un tono ocupado seguido de un tono muerto y éste le hizo creer que él la escuchaba pero no le contestaba para no comprometerla, ¿qué tal si la escuchaba cuando ella le decía llévame al mar, mi amor, no quiero morirme como el hijito de la Dinorah sin ver el mar, hazme ese favorcito aunque después ya no me veas y nos separemos?, pero el silencio del teléfono la iba decepcionando y enardeciendo al mismo tiempo, Rolando no debía jugar con ella, ella se estaba comprometiendo, ¿por qué no se comprometía él un poquito también?, ella le estaba dando la salida, juntar todo el amor que pudieran sentir cada uno por el otro en un solo fin de semana en la playa, y ya no verse más, si él no quería, pero lo que no aguanto más, dijo Marina dando voz a algo que desconocía, algo que ella misma no sabía que estaba allí dentro de ella, algo que se había ido formando en silencio, como el sedimento de una botella que al agitarse sube hasta el corcho, lo que no aguanto más es que ningún hombre me tome como algo que encontró tirado en la calle y que recoge sólo porque siente pena, eso nunca más voy a consentirlo, Rolando, tú me enseñaste la vida, yo no sabía todo lo que me has enseñado hasta este momento en que se murió el hijito de la Dinorah y el abuelo de la Candelaria sigue allí seco y viejo y con la raíz de fuera, como si nunca se fuera a morir, y yo sólo quiero vivir mucho este momento en que me salvé de morir niña y no quiero llegar a vieja, ahora te pido que me levantes hasta tu altura, Rolando, vamos subiendo los dos juntos, yo te doy ese chance, mi amor, yo sé muy adentro que conmigo vas a subir y me vas a llevar a lo alto y lo bonito, si quieres, Rolando, y si no lo haces los dos nos vamos a dar en toda la madre, nos vas a rebajar hasta no saber ya ni quiénes somos, nos vamos a rebajar hasta no importarnos más a nosotros mismos...

Pero el celular de Rolando nunca contestó. Eran las once de la noche y Marina tomó su decisión.

Esta vez no se detuvo a tomarse una malteada en la fuente de sodas, cruzó el puente, cogió el bus y caminó las cuatro cuadras al motel. La conocían pero les extrañó que viniera en viernes, no en jueves.

—¿No somos libres de cambiar, oiga?

—Supongo que sí —dijo el recepcionista con resignación e ironía mezcladas, y le entregó una llave a Marina.

Olía a desinfectante, los pasillos, las escaleras, hasta las dispensadoras de hielo y refrescos olían a algo que mata bichos, limpia excusados, fumiga colchones. Se detuvo ante la puerta de la recámara que compartía los

267

jueves con Rolando y dudó entre tocar con los nudillos o meter la llave y entrar. Iba bien acelerada. Metió la llave, abrió, entró y escuchó la voz agónica de Rolando, la voz tipluda de la gringa, Marina encendió la luz y se quedó allí mirándolos desnudos en la cama.

—Ya viste. Ya lárgate —le dijo el galán.

—Perdóname. Es que te estuve llamando por el celular. Pasó algo que...

Miró el aparato sobre el buró y lo señaló con el dedo. La gringa los miró a los dos y se soltó riendo.

—Rolando, ¿has engañado a esta pobre muchacha? —dijo a carcajadas recogiendo el celular—. Por lo menos a tus queridas les puedes decir la verdad. Está bien que entres a bancos y oficinas públicas con tu celular en el oído, o que hables en él en un restorán y apantalles a medio mundo, ¿pero para qué engañar a tus novias?, mira nomás las confusiones que creas, cariño —dijo la gringa poniéndose de pie y empezando a vestirse.

—Baby, no interrumpas... Tan bien que íbamos... Esta niña no es nadie...

—¿No soportas perder una sola oportunidad, no es cierto? —la gringa se acomodó el pantymedias—. No te preocupes. Volveré. No era tan importante como para que rompa contigo.

Baby recogió el celular, lo abrió por detrás y se lo enseñó a Marina.

—Mira. No tiene pilas. No las ha tenido nunca. Es nomás para apantallar, o como dice una canción, "llámame a mi celular, parezco influyente, me da personalidad, aunque no tiene baterías, para apantallar...".

Tiró el aparato sobre la cama y salió riendo fuerte.

Marina cruzó el puente internacional de regreso a Ciudad Juárez. Tenía cansados los pies y se quitó los zapatos de tacones altos y picudos. El pavimento aún guardaba el temblor frío del día. Pero la sensación de los pies no era la misma que cuando bailó libremente sobre el césped prohibido de la fábrica maquiladora de don Leonardo Barroso.

—Esta ciudad es el desmadre montado sobre el caos —le dijo Barroso a su nuera Michelina cuando se cruzaron con Marina, ella de regreso a Juárez, ellos a su hotel en El Paso. Michelina rió y le besó la oreja al empresario.

Referencias biográficas

SHERWOOD ANDERSON (Camden, Ohio, 1876-Colón, Panamá, 1941). Novelista y dramaturgo, abandonó los estudios a los catorce años para emplearse en diversos trabajos, hasta 1898, cuando se enrola como soldado en Cuba, durante la guerra hispanoamericana. Finalizada la contienda, se traslada a Chicago y allí comienza a escribir. Colabora en el *Daily* y en *The Little Review*, y junto con Floyd Dell y Theodore Dreiser, entre otros, funda el "Grupo de Chicago", que le ayuda a publicar sus primeros libros. Su nombre trasciende tras la aparición de *Winesburg, Ohio* (1919), un conjunto de relatos sobre la lucha instintiva de personas corrientes por afirmar su individualidad. De estilo impresionista, sus narraciones girarán en torno al poder liberador del sexo y la castración del individuo en la estrechez de ciudades provincianas. Casado cuatro veces, sus últimos años dirigió dos diarios de Maison (Virginia). Obras: *Pobre blanco* (1920), *Risa negra* (1925); *Tar* (1926), autobiográfica; *Más allá del deseo* (1932), *Kit Brandon* (1936) y *Memorias de Sherwood Anderson* (1942).

FLANNERY O'CONNOR (Savannah, Georgia, 1925-1964). Escritora estadounidense, estudió en el State College femenino de Georgia y en la Universidad de Iowa. Su obra, que consta esencialmente de dos novelas y dos volúmenes de relatos breves, ha sido definida como una peculiar combinación del estilo gótico sureño, lo profético y el evangelismo católico. Con frecuencia se la compara con el novelista estadounidense William Faulkner, por su descripción del carácter y la vida en el sur de los Estados Unidos, y con el escritor checo Franz Kafka, por su preocupación por lo grotesco. Murió a consecuencia del lupus, enfermedad que sobrellevó durante los últimos diez años de su vida. Obras: *Sangre sabia* (1952) y *Los profetas* (1960), novelas; *Un hombre bueno no es fácil de encontrar* (1955) y *Las dulzuras del hogar* (1965), colecciones de relatos.

JOHN CHEEVER (Quincy, Massachusetts, 1912-1982). Cronista y crítico de la clase media norteamericana, sus relatos pueden considerarse comedias costumbristas, con descripciones de situaciones reales y detalladas, que destacan las ironías de la vida contemporánea en los Estados Unidos. Publicados a partir de 1930 en importantes revistas como *The New Yorker*, los relatos fueron reunidos en varios volúmenes: *Cómo viven algunas personas* (1943), *La monstruosa radio* (1954), *El ladrón de Shady Hill* (1958), *El brigadier* (1964) y *El mundo de las manzanas* (1973). La edición completa, titulada *Relatos de John Cheever* (1978), le valió el premio Pulitzer de Literatura en 1979. Como novelista, publicó *Crónica de los Wapshot* (1957), *El escándalo de los Wapshot* (1964), *Bullet Park* (1969), *En la cárcel de Falconer* (1977) y *¡Oh, esto parece el paraíso!* (1982).

NURIA BARRIOS (Madrid, 1962). Periodista y escritora, ha publicado *Amores patológicos* (1998), traducido al holandés; *El zoo sentimental* (2000), relatos, y *Balearia* (2000), libro de viajes. Colabora en revistas literarias y en el diario *El País*, entre otros, y ha participado en las antologías de cuentos *Páginas amarillas* (1998), *Vidas de mujer* (1998) y *Pequeñas resistencias* (2002).

MANUEL MUJICA LAINEZ (Buenos Aires, 1910-Córdoba, 1984). Novelista, cuentista, ensayista y poeta fecundo y original, realizó sus estudios medios en Francia e Inglaterra, y regresó a la Argentina, para desempeñarse como crítico de arte en el diario *La Nación* (1932). Fue secretario del Museo Nacional de Arte Decorativo (1937-1946) y director de Cultura del Ministerio de Relaciones Exteriores (1955-1958). En sus primeras obras, *Glosas castellanas* (1936) y *Don Galaz de Buenos Aires* (1938), se evidencia la influencia de la cultura hispánica; línea que continuó en sus biografías de Miguel Cané, Estanislao del Campo e Hilario Ascasubi. Lo más característico de su producción es la serie de novelas que describen la elegante y a la vez grotesca decadencia de algunas importantes familias porteñas. Tradujo a Marivaux, Molière, Racine y Shakespeare. Obras: *Vida de Aniceto el Gallo* (1943), *Vida de Anastasio el Pollo* (1947), *Canto a Buenos Aires* (1943), *Estampas de Buenos Aires* (1946), *Aquí vivieron* (1949), *Misteriosa Buenos Aires* (1951), *Los ídolos* (1953), *La casa* (1954), *Los viajeros* (1955), *Invitados al Paraíso* (1957), *El viaje de los siete demonios* (1974), *El escarabajo* (1982), *Bomarzo* (1962), *El unicornio* (1965), *El laberinto* (1974), *De milagros y melancolías* (1969).

CLARICE LISPECTOR (Ucrania, 1925-Rio de Janeiro, 1977). Narradora brasileña, estudió Derecho y trabajó en el hospital de la Fuerza Expedicionaria Brasileña en Nápoles, Suiza y los Estados Unidos. Escribió su primera novela, *Perto do coração selvagem* (*Cerca del corazón salvaje*), a los diecisiete años y obtuvo por ella el premio Graça Aranha. Luego de publicar *A maçã no escuro* (1961) se interesa por la crítica literaria y, junto con Guimarães Rosa, se convierte en centro de la ficción de vanguardia. Su obra se caracteriza por la exaltación de la vivencia interior y por el salto de lo psicológico a lo metafísico. Influida por Virginia Woolf y James Joyce, su obra produjo una profunda renovación de la narrativa brasileña. Obras: *La ciudad sitiada* (1949), *Uma aprendizagem ou o Livro dos prazeres* (1969; *Aprendizaje o el libro de los placeres,* 1990), *A imitação da rosa* (1973), *Água viva* (1977), *A hora da estrela* (1977, *La hora de la estrella,* 1989), *Um sopro de vida* (1978), novelas; *Algunos cuentos* (1952), *Lazos de familia* (1960), *A bela e a fera* (1979), narraciones; *Lazos de familia* (1988), *A legião estrangeira* (1964; *La legión extranjera,* 1971), cuentos; *Felicidad clandestina* (1971), novela corta. En 1988 se editaron en castellano *Felicidad clandestina* y *Silencio.*

PEDRO MAIRAL (Buenos Aires, 1970). Egresado de la carrera de Letras en la Universidad del Salvador, ejerce la cátedra de Literatura Inglesa en dicha institución y coordina diversos talleres literarios. En 1994 le fue otorgada una mención por su libro de poesía *Tigre como los pájaros* (1996), en el concurso auspiciado por la Fundación Fortabat. En 1998 fue distinguido con el premio Clarín de Novela por su obra *Una noche con Sabrina Love,* muy elogiada por escritores de trayectoria, y que fue llevada al cine. Su libro más reciente es *Hoy temprano* (2001, cuentos).

ANTON PAVLOVICH CHÉJOV (Taganrog, Rusia, 1860-Badenweiler, Alemania, 1904). Estudió medicina en la Universidad estatal de Moscú, pero debido a su éxito casi inmediato como escritor prácticamente no ejerció su profesión. Sus escritos humorísticos aparecieron reunidos por primera vez en 1886, en *Relatos de Motley,* y al año siguiente se estrena en Moscú su primera obra de teatro, *Ivanov.* En 1890 visita la colonia penitenciaria de la isla de Sajalín, en la costa de Siberia, para tomar distancia de la vida del intelectual urbano, y posteriormente escribe las impresiones de ese viaje, en *La isla de Sajalín* (1891-1893). Casi a finales de siglo conoce al actor y productor Konstantin Stanislavski, director del Teatro de Arte de Moscú, que en 1898 representa su obra *La gaviota* (1896). Universalmente reconocido como el maestro del cuento moderno, a partir de 1886 su estilo cambió radicalmente, pasando de la sátira o comicidad a la eliminación de los elementos de la estructura narrativa tradicional; en particular, las descripciones detalladas de personajes y ambientes. Obras: *El tío Vania* (1897), *Las tres hermanas* (1901) y *El jardín de los cerezos* (1904), obras teatrales; *La estepa* (1888), *El pabellón número 6* (1892), *La cigarra* (1892), *Los campesinos* (1897), *El hombre en el estuche* (1898), *La cerilla sueca* (1883), *El drama sucedido durante la caza* (1884) y *Un mal asunto* (1887), relatos. Algunos de sus mejores escritos fueron reunidos en el libro publicado póstumamente *Los veraneantes y otros cuentos* (1910).

JOSÉ MARÍA EÇA DE QUEIROZ (Póvoa de Varzim, Portugal, 1845-París, 1900). Considerado el mayor novelista de Portugal de todos los tiempos, estudió Derecho e ingresó en el cuerpo diplomático en 1872. Después de prestar servicios en Cuba (1872) e Inglaterra (1874-1878), en 1888 fue destinado como cónsul en París, cargo en el que permaneció hasta su muerte. Dominó la novela portuguesa del siglo XIX y formó parte de un grupo de intelectuales portugueses que impulsaron reformas artísticas y sociales, abogando por el realismo y el naturalismo en la literatura. En sus novelas más famosas denunció los males de la vida contemporánea de su país. *Rarezas de una muchacha rubia* (1873) es un conjunto de relatos que revelan las mejores cualidades del autor: observación, ternura, ironía, sentido dramático, intriga, lirismo. Otras obras: *El crimen del padre Amaro* (1875), *El primo Basilio* (1878), *Los Mayas* (1888). *La ciudad y las sierras* (publicada póstumamente en 1901) despliega su nostalgia por las bellezas del campo portugués, y *Últimas páginas* (1912) reúne un conjunto de leyendas de santos.

OSCAR WILDE (Oscar Fingal O'Flahertie Wills Wilde) (Dublin, 1854-París, 1900). Novelista, poeta, crítico literario y autor teatral, mientras cursaba la Universidad de Oxford asimiló las ideas de Ruskin y Pater y comenzó a escribir poesía; su extenso poema *Ravenna* ganó el premio Newdigate en 1878. En 1882 se establece en Francia. Su primer libro fue *Poemas* (1881) y su primera obra teatral, *Vera o los nihilistas* (1882), se estrenó en Nueva York. En 1884 se casó con Constance Lloyd, con la que tuvo dos hijos. En 1895, en la cima de su carrera, fue acusado de sodomía por el marqués de Queensberry, padre de su íntimo amigo lord Alfred Douglas. Declarado culpable por la Justicia, fue condenado a dos años de trabajos forzados; cuando salió de prisión se encontraba arruinado material y espiritualmente. En la cárcel escribió *De profundis* (1895), una extensa carta de arrepentimiento por su anterior estilo de vida. Su poema *La balada de la cárcel de Reading* (1898) retrata la dureza de su cautiverio. Pasó el resto de su vida en París, bajo el seudónimo de Sebastian Melmoth. Obras: *El príncipe feliz* (1888) y *La casa de las granadas* (1892), colecciones de historias fantásticas escritas para sus hijos; *El crimen de lord Arthur Saville* (1891), *El retrato de Dorian Gray* (1891), *El abanico de lady Windermere* (1892), *Una mujer sin importancia* (1893), *Un marido ideal* (1895) y *La importancia de llamarse Ernesto* (1895). *Salomé*, obra teatral escrita en francés, fue estrenada por la reconocida actriz Sarah Bernhardt en París en 1894 y tiempo después el compositor alemán Richard Strauss compuso una ópera homónima basada en ella.

GUY DE MAUPASSANT (Normandía, 1850-París, 1893). Miembro en su juventud de un grupo literario surgido en torno al célebre novelista Gustave Flaubert, íntimo amigo de su familia y quien lo formó en el arte de la creación literaria, trabajó en la administración pública hasta los treinta años. Sus relatos breves (escribió doscientos quince) son reconocidos como la cumbre del género en lengua francesa y constituyen al mismo tiempo un fascinante testimonio de las costumbres y prejuicios de la época. Una enfermedad nerviosa, unida a una vida desordenada, lo llevaron a la enajenación mental y a la muerte. Obras: *La casa Tellier* (1881), *Mademoiselle Fifí* (1882) y *El Horla* (1887), cuentos; *Una vida* (1883), *Miss Harriet* (1884), *Bel-Ami* (1885), *Mont-Oriol* (1887), *Los dos hermanos* (1888), *La mano izquierda* y *Fuerte como la muerte* (1889), *Nuestro corazón* (1890), novelas.

KATHERINE MANSFIELD (Kathleen Mansfield Beauchamp) (Wellington, Nueva Zelanda, 1888-Fontainebleau, Francia, 1923). A los 18 años se instaló en Londres; en 1909 contrajo matrimonio con George Bowden y en 1918, separada de su primer esposo, volvió a casarse con el crítico literario inglés John Middleton Murry. Considerada una de las grandes figuras del relato breve, en sus escritos se burla de los convencionalismos del espíritu clasista inglés de la época, y critica duramente la discriminación y la marginación de la mujer. Sobre su estilo ejerció gran influencia el escritor ruso Anton Chéjov. Enferma de tuberculosis, sus últimos años de vida los consagró a la búsqueda de una cura a su mal. Entre sus colecciones de relatos se destacan: *Pensión de familia alemana* (1911), *Felicidad* (1921) y *Fiesta en el jardín* (1922), cuentos. *El nido de palomas* (1923), *Algo infantil* (1924), *Diario* (1933) y *The Letters of K. M.* (1934), fueron editados póstumamente por John Murry.

CARLOS FUENTES (Ciudad de México, 1928). Hijo de diplomático, vivió en varios países de América y Europa e inició la carrera de Abogacía. En México, fundó y dirigió, junto con Emanuel Carballo, la *Revista Mexicana de Literatura* (1955-1958), y codirigió *El Espectador* (1959-1960), importante revista política. Desempeñó cargos diplomáticos y fue embajador de su país natal en Francia (1975-1977). Profesor en las más prestigiosas instituciones de México y de las universidades de Columbia, Harvard, Princeton, Brown, Pennsylvania (Estados Unidos), ocupó la cátedra Simón Bolívar en la Universidad de Cambridge. Su primera novela, *La región más transparente* (1958), lo consagró en los medios literarios mexicanos. En *Zona sagrada* y *Cambio de piel* (1967) esboza una cosmovisión de la realidad, carnavalesca e irreverente. En *Terra nostra* (1977) da una visión de la cultura hispanoamericana y sus relaciones con Europa. Ha sido distinguido con numerosos premios literarios: Biblioteca Breve (España, 1967), Rómulo Gallegos (Venezuela, 1974), Xavier Villaurrutia (México, 1975), Alfonso Reyes (México, 1979), Nacional de Literatura (México, 1984) y Miguel de Cervantes (España, 1987). Otras obras: *La muerte de Artemio Cruz* (1962), *Aura* (1962), *Cantar de ciegos* (1964), *Chac Mool y otros cuentos* (1973), *La cabeza de la Hidra* (1978), *Una familia lejana* (1980), *Constancias y otras novelas para vírgenes* (1989), *La campaña* (1990), *Las dos orillas* (1992), *El naranjo* y *Geografía de la novela* (1993), *Diana o la cazadora solitaria* (1994), *Dos educaciones* (1995) y *Los años con Laura Díaz* (1999), novelas; *Cumpleaños* (1969) y *Agua quemada* (1981), relatos; *La nueva novela hispanoamericana* (1969), *Casa con dos puertas* (1970), *Tiempo mexicano* (1971), ensayos; *Todos los gatos son pardos* (1970), *El tuerto es rey* (1974), *Orquídeas a la luz de la luna* (1989), *Ceremonias del Alba* (1991), obras teatrales.

Fuentes bibliográficas

Sherwood Anderson, *Winesburgo, Ohio,* Aguilar, Madrid, 1949, traducción de Armando Ros.

Flannery O'Connor, *Un hombre bueno es difícil de encontrar,* Lumen, Barcelona, 1973.

John Cheever, *El nadador,* Bruguera, Barcelona, 1982, traducción de José Luis López Muñoz.

Nuria Barrios, inédito.

Manuel Mujica Lainez, *Cuentos completos,* Alfaguara, Buenos Aires, 1999.

Pedro Mairal, *Hoy temprano,* Clarín-Aguilar, Buenos Aires, 2001.

Clarice Lispector, *Cuentos reunidos,* Alfaguara, México, 2001, traducción de Cristina Peri Rosi.

Anton Chéjov, *Cuentos,* Aguilar, Madrid, 1990, traducción de E. Podgursky y A. Aguilar.

Eça de Queiroz, *Rarezas de una muchacha rubia,* Aguilar, Madrid, 1988, traducción de Julio Gómez de la Serna.

Oscar Wilde, *Obras completas,* Aguilar, México, 1991, traducción, de Julio Gómez de la Serna.

Guy de Maupassant, *Obras escogidas,* Aguilar, Madrid, 1979, traducción de Luis Ruiz Contreras.

Katherine Mansfield, *Obras de Katherine Mansfield,* Plaza & Janés, Barcelona, 1959, traducción de Esther de Andreis y Manuel de la Escalera.

Carlos Fuentes, *La frontera de cristal,* Alfaguara, México, 1995.

Este libro se terminó de imprimir
en el mes de Marzo de 2003 en
Kalifón S.A., Ramón L. Falcón 4307,
(C1407GSU) Ciudad de Buenos Aires,
República Argentina.